「うわっ……、の、矩篤っ」

不意打ちに遭い、恒は狼狽え、上擦った悲鳴を上げた。

「だが、私もいっぱしの男だからな」

矩篤は続けてやや自嘲気味に言うと、もう一度恒の唇を塞ぐ。

今度も遠慮や容赦などいっさいなく、口の隅々まで蹂躙し、奪い尽くすキスをする。

秘めた恋情を貴方に

秘めた恋情を貴方に

遠野春日

14375

角川ルビー文庫

口絵・本文イラスト／陸裕千景子

I

観宝流シテ方櫻庭嘉和《さくらばよしかず》の家に届け物をしてきておくれ、と祖母に頼《たの》まれた恒《こう》は、仕事が休みの土曜日、台東《たいとう》区にある櫻庭家を訪れた。

屋根付きの重厚《じゅうこう》な門を潜《くぐ》り、前庭を眺《なが》めつつ丹波石《たんばいし》張りのアプローチを辿《たど》って母屋《おもや》へと進む。

お盆《ぼん》を過ぎても今年はまだまだ暑さが厳しい。

頭上から照りつける陽光が、乱敷《みだれじ》きにされた灰色の石に恒の影《かげ》を色濃《いろこ》く映し出す。

恒は思わず右手を翳《かざ》して晴天を振《ふ》り仰《あお》ぎ、目を眇《すが》めた。

庭の奥から楽《がく》の音《ね》が微《かす》かに聞こえてくる。お囃子《はやし》の音だ。

左脇《ひだりわき》に抱《かか》えた細長い風呂敷包《ふろしきづつ》みを、恒はしっかり持ち直した。祖母からの大事な預かり物である。

母屋の傍《そば》まで来ると、深い軒《のき》が日射《ひざ》しを遮《さえぎ》っており、涼《すず》しげな佇《たたず》まいを見せていた。

「まぁまぁ、柚木崎《ゆきざき》のお坊《ぼっ》ちゃま、お暑い中ようこそ。お久しゅうございます」

旅館を思わせるような広々とした玄関《げんかん》に出迎《でむか》えに来てくれたのは、重要無形文化財保持者である能楽師櫻庭嘉和の妻だ。一筋の乱れもなく結《ゆ》い上げられた髪《かみ》と和装が板に付いていて、こちらまで身の引き締《し》まる心地《ここち》がする。

「大変ご無沙汰《ぶさた》しておりました」

二十六にもなってなお、十歳の頃《ころ》と変わらずお坊ちゃま呼ばわりされるのは、いささか面映《おもは》ゆい。恒はいっぱしの社会人らしさを示すため、礼儀《れいぎ》正しくお辞儀《じぎ》をし、きびきびとした口調で返した。こう見えても外交官の端《はし》くれだ。

その気持ちが櫻庭夫人にも通じたのか、夫人は化粧《けしょう》の行き届いた白い顔に品のよい笑い皺《じわ》を刻んだ。

「本当にご立派になられましたこと」

スリッパに履《は》き替《か》えて式台に上がった恒をつくづくと見上げる。

「フランスからはいつお戻《もど》りに？」

恒も落ち着いた笑顔《えがお》で応じた。

「先々月です。本当はもっと早くご挨拶《あいさつ》に伺《うかが》うべきところだったのですが、帰国後も何かとバタバタしておりまして」

「いいえ、とんでもございませんわ。本日もわざわざご足労いただきまして光栄です」

「もしや、先生は今、お稽古《けいこ》中なのではございませんか？」

先ほど耳にしたお囃子から推察して聞いてみたところ、夫人は「いいえ」と首を振る。

「あれは矩篤《のりあつ》でございます。矩篤が離《はな》れで一人稽古をしておりまして」

「あぁ、そうですか」

矩篤が今日在宅だと知って、恒は嬉《うれ》しさを感じた。ここに来るとき、もしかしているかもしれないと思いはしていたが、最近打ち合わせや外稽古などで出かけていることが多いと聞いていたため、あまり期待していなかった。

「矩篤とはときどきお会いになっておられますか？」

どうぞこちらへ、とホールから入側縁《いりかわえん》に出て、次の間と続きになった客間へと案内されつつ訊《たず》ねられる。

「帰国して二度会いました。外で食事をしただけですが。昨今は新たな試みに挑戦《ちょうせん》したりしているようで、忙《いそが》しいみたいですね」

「ええ、まぁ、いろいろと自分なりに考えて活動しているようですわ。独立してからは、主人も私も基本的に矩篤のすることには口出ししないようにしておりまして。もちろん、協力できることがあればしますけれど」

「僕が矩篤さんの舞台《ぶたい》を最後に観《み》たのは、独立披露《ひろう》能のときですよ。あれが二年前の春でしたよね。あの後、僕は在外研修で日本を離れてしまったので」

「そうそう、そうでしたわね」

夫人は懐《なつ》かしげに声を弾《はず》ませた。

「寂《さび》しくなるわねって矩篤と話していたのが、ついこの間のことのようだわ」

それを聞いて恒は少々意外だった。恒が日本にいなくなるのを、矩篤も寂しいと感じてくれていたのか。言葉や態度からは何も窺《うかが》えなかったので、てっきり矩篤はなんの感慨《かんがい》も抱《いだ》かなかったのだと思っていた。寡黙《かもく》で、どちらかといえば無愛想《ぶあいそう》の部類に入る矩篤の本音は、無表情の下に隠《かく》されていてわかりづらい。付き合いも今年で十七年になったが、いまだに恒には読み取れない部分が多かった。

畳《たたみ》張りの床《とこ》の間のある十畳《じょう》の客間に通され、お手伝いさんが出してくれた緑茶を飲みながら夫人と先月二十日に国立能楽堂で行われた納涼《のうりょう》能の話などしていると、泥染《どろぞ》めの大島《おおしま》を着流した嘉和が次の間に姿を見せた。

「やぁやぁ、恒くん。よくおいでなすったね」

嘉和は満面の笑みで気さくに客間に入ってきて、恒と向き合う形で座布団《ざぶとん》に腰《こし》を下ろす。

幼少の頃から家族ぐるみで親交があるため、恒にとって嘉和は親戚《しんせき》のおじさんに近い感覚だ。能楽師として偉大《いだい》な人物だからといって気後《きおく》れすることもなく、自然体で接している。普段《ふだん》は弟子《でし》たちの前でとにかく厳しいと評判の嘉和も、恒にはただの柔和《にゅうわ》で気のいい、友人の父親としか映らない。

一通り挨拶を交《か》わした後、恒は風呂敷を開いて包まれていた細長い桐《きり》の箱を座卓《ざたく》の上に置き、心持ち畏《かしこ》まって嘉和の前に差し出した。

「本日は祖母からこれを言付かってきました」

「わざわざすみませんな。琴子《ことこ》さんから昨日お電話を頂戴《ちょうだい》して恐縮《きょうしゅく》していたところですよ。いつも何かとお気遣《きづか》いいただいて光栄です。失礼して拝見させていただきましょう」

嘉和は箱に向かって一礼すると、かかっていた山吹《やまぶき》色の紐《ひも》を丁寧《ていねい》に解《ほど》き、蓋《ふた》を外す。箱に収められているのは中啓《ちゅうけい》だ。

恒も身を乗り出すようにして見た。中身が、能舞台でシテ方が使う中啓と呼ばれる扇《おうぎ》だということは聞いていたが、実際にはどんなものなのか目にしていなかった。

箱から取り出した扇を慎重《しんちょう》な手つきで開いた嘉和が、ほう、と感嘆《かんたん》の溜息《ためいき》を洩《も》らす。

「これは見事な。十月に演じる『清経《きよつね》』にまさしくふさわしい修羅扇《しゅらおうぎ》ですよ。さすが京都の七《しち》梅屋《うめや》さんのお作だ。こんな素晴《すば》らしいものを、本当にどうもありがとうございます」

広げた扇は、金地に青と白の波頭、そして赤い入り日が描《えが》かれている。骨は黒だ。通常、男の役には黒骨は用いないのだが、能の曲目で二番目物と称《しょう》される修羅物は、武将たちの霊《れい》が主人公に当たることが多く、軍扇《ぐんせん》を表す意味で黒骨を使用するらしい。

十月初旬《しょじゅん》に『清経』を演じる嘉和のために、熱心な後援《こうえん》者の一人である祖母琴子が、元禄《げんろく》時代より京都に工房《こうぼう》を構える扇職人七梅屋に頼《たの》んで作らせた品だ。

嘉和はたいそう気に入ったらしく、何度も頷《うなず》きながら扇を眺《なが》め、閉じたり開いたりしてみている。畳んだときでも先が広がっており、中啓とはそもそも中くらいに開くという意味なのだそうだ。

「お気に召《め》していただけて何よりです。祖母もきっと喜びます」

扇を箱にしまい、あらためて深々と感謝の意を表した嘉和に、単なる使いで来ただけの恒はかえって申し訳なく感じて気恥《きは》ずかしかった。恒自身は、たしなみ程度に能を鑑賞《かんしょう》するくらいで、決して造詣《ぞうけい》は深くない。こうして能の世界でも名だたる活躍《かつやく》をしている重鎮《じゅうちん》と顔を合わせていても、あまり気の利《き》いた話ができなくて心苦しいばかりだ。

もっとも、そのあたりのことは嘉和も夫人も心得ているようで、中啓の入った桐箱を丁重に床の間に置いてからは、話題はもっぱら世間話になった。

ちょうどまたお手伝いさんがお茶を淹《い》れ直してきてくれたので、お茶請《ちゃう》けの生菓子《なまがし》をいただきつつ、しばらく三人でくだけた話をする。

「恒くんはうちの矩篤と確か四つ違《ちが》いだったかな?」

「はい。来月二十七歳になります」

「あら、まぁ、ではそろそろ……?」

夫人がすかさず結婚《けっこん》について聞いてくるのを、恒は「いいえ、まだまだです」と苦笑《くしょう》してかわす。実際、恒には今付き合っている人はいない。もともと愛想《あいそ》がないので、これまでたいしてもてた覚えもなく、当分縁遠《えんどお》そうだ。最後の彼女と別れたのが大学四年のときだから、かれこれ五年近くフリーで過ごしてきたことになる。次に海外赴任《ふにん》するときまでには結婚しておけと周囲にせっつかれているが、まだまだその気になれないというのが恒の本音だ。正直いって、女性は苦手なのだ。それより気心の知れた男友達と一緒《いっしょ》にいる方が楽で好ましい。仕事もやりがいがあって面白《おもしろ》く、恋人《こいびと》のいない寂しさを感じることもなかった。

「その話なら、僕より矩篤さんが先だと思いますが」

結婚というと矩篤はどうなのだろう——恒はふと考えて、夫人に水を向けてみた。

たまに会って食事などしても、矩篤と女性の話をすることはあまりない。昔からそうだった。中学、高校、そして芸大音楽部邦楽科《ほうがく》に在籍《ざいせき》していた頃《ころ》を通してみても、矩篤の口から恋人の存在を仄《ほの》めかす発言は聞いた覚えがなかった。矩篤は恒以上に女性に関心が薄《うす》いようだ。

しかし、矩篤も今年三十一だ。恒がパリの日本大使館に行っていた二年の間に、内々で縁談の話が進んでいたとしても不思議はない。

ただでさえ口数が少ない上に、自分自身のことはめったに打ち明けない矩篤のことだ。ある日突然《とつぜん》「今度結婚することになった」と聞かされる可能性はおおいにあり得る。恒はそれより先に何か話があるのなら知っておきたいと思った。自分でもなぜなのか説明がつかないが、心積もりしておかなければいざというとき動揺《どうよう》してしまい、うまく「おめでとう」の言葉が出てこない気がしたからだ。

ええ実は、などと夫人が言い出したらどんな顔をすればいいのか、と聞いた後で急に心許《こころもと》なくなってどぎまぎし始めた恒だったが、予想に反して夫人は困ったような笑みを浮《う》かべ、首を横に振《ふ》る。

「矩篤はいっこうにその気がないらしくて、私どもも半ば諦《あきら》め始めていますのよ」

「今は芸事《げいごと》に打ち込みたいと言っておりましてな」

嘉和の方はそれならそれでまんざらでもなさそうな様子だ。

まだ身を固めるつもりはないようだと聞いて、心のどこかで安堵《あんど》している自分がいる。いったいこれはどういう気持ちから来るのか、恒は胸の奥でひっそりと自問した。

自分にも誰《だれ》もいないので、矩篤が先に家庭人になると、さぞや寂《さび》しくて置いて行かれた気持ちになるから——ただそれだけだろうか。

すぐに考えられたのはそんなところだったが、同時におかしな理由だと訝《いぶか》りもする。

矩篤と恒の付き合いは一風変わったものである。

幼馴染《おさななじ》みとは違うし、年の差があるので学友というのでもない。家族ぐるみの付き合いの延長線上で会えば言葉を交わす、たまに二人だけでも食事に行く、稀《まれ》にバレエやミュージカル、演劇などの舞台を一緒に観るといった、つかず離《はな》れずの関係だ。

最初に会ったのは恒が十歳のときで、祖母と一緒に『葵上《あおいのうえ》』を観た後、楽屋見舞《みま》いに連れて行かれてのことだ。そこで恒は、シテツレ役の神子《みこ》の舞台装束《しょうぞく》をつけたままだった矩篤と顔を合わせた。

きりりとした涼《すず》やかな眼差《まなざ》しの、物静かで気品に満ちた佇《たたず》まいが、小学生だった恒の目には周囲にいる成人たちと変わらないほど立派に思え、気後れがした。ぴんと背筋を伸《の》ばして正座する姿に、神々《こうごう》しさに近いものを感じ、圧倒《あっとう》されたのだ。同じように旧家に生まれた身でも、何不自由ない社長令息として甘やかされて育ってきた恒と、芸事を継承《けいしょう》する家に生まれて三歳で初舞台《はつぶたい》を踏《ふ》んだという矩篤とでは、醸《かも》し出す雰囲気《ふんいき》がまるで違っていた。

初対面のときは、ぺこりとお辞儀《じぎ》をして「こんばんは」と「舞台、素晴らしかったです」の二言が口に出せただけだった。本当は舞台は半分も覚えておらず、退屈《たいくつ》で眠《ねむ》たくて早く帰りたいとばかり思っていたのだが、優等生面《づら》が得意で躾《しつけ》の行き届いたお坊《ぼっ》ちゃんのふりが苦もなくできた恒は、さらりとそんな挨拶《あいさつ》をした。我ながら嫌《いや》な子供だったのだ。

矩篤も無口で、「ありがとうございます」と礼儀《れいぎ》正しく返してくれただけで、その場は他《ほか》にどんな言葉を交わした記憶《きおく》もない。

その後もずっと祖母や母のお供で能舞台を見に行っていなければ、おそらく矩篤との接点はそれだけで終わったことだろう。

二度目に楽屋見舞いに行ったとき、これから一緒に食事でも、という話になった。

十数人で中華《ちゅうか》料理を食べに行くことになり、恒はそのとき矩篤と隣《となり》同士の席に着き、ぽつりぽつりと話をした。他の大人たちがビールや紹興酒《しょうこうしゅ》などのアルコール類を飲んで騒《さわ》ぐ中、未成年の子供だった恒と矩篤は、ジュースを飲みながら学校でのことや普段《ふだん》家で何をしているかなどを教え合っていた。

しっかりしていて少しも威張《いば》ったところのない、とても頭のよさそうなお兄さん。恒は矩篤と少しずつ打ち解けるにつけ、同級生たちとは一線を画した矩篤の大人っぽい雰囲気に好ましさと憧《あこが》れに似た感情を持ち、今後も会って話したいと思い始めた。

舞台とは関係なく矩篤と会うようになったのは、それからだ。もっとも、さして頻繁《ひんぱん》に会っていたわけではない。学校も違えば環境《かんきょう》も違う。恒には他にも同年代の友達がたくさんいたし、遊ぶだけなら彼らと一緒にいた方が気楽だし面白い。むしろ矩篤には、非日常的な世界をときおり感じたくて近づいていた気がする。凛《りん》として静謐《せいひつ》な佇まいの矩篤と向き合うと、自分まで一段階引き上げられるようで、恒の自尊心が満たされた。

当時中学生だった矩篤の目に、小学四年生の恒がどう映っていたのか、あらためて考えると面映《おもは》ゆい。きっと生意気でこましゃくれた、かわいげのない子供だと思われていたのではないだろうか。勉強もスポーツも人より抜《ぬ》きん出てでき、教師たちの期待通りに学級委員長などもこなしたため、自分の優秀《ゆうしゅう》さをひそかに鼻にかけているところがあった。

矩篤の前でもそのことをさりげなく自慢《じまん》するような喋《しゃべ》り方をよくしていたのだが、穏《おだ》やかに頷《うなず》きながらただ話を聞いてくれていた矩篤が、実は自分よりずっと優《すぐ》れた存在かもしれないと気づいたとき、穴があったら入りたいほど恥《は》ずかしくなった。稽古《けいこ》ばかりに明け暮れ、勉強は二の次にしているのだろうとばかり思い込んでいた矩篤が、恒自身も将来はここにと狙《ねら》っていた私立の難関高校に、あっさり合格したのを知ったときである。

正直、意外さに愕然《がくぜん》とした。

常に無欲で淡々《たんたん》としていて、俗世《ぞくせ》から切り離されたところにいるようでいて、軽々と困難なことをやってのける。そして決してそれを威張らない。

恒が認識《にんしき》していた以上に矩篤は器の大きな男だった。

自分の傲慢《ごうまん》さに羞恥《しゅうち》を覚えた恒は、以降、意識して謙虚《けんきょ》になるよう努め始めた。中学校に上がる前に目を開かされたのは幸いだったと思う。あのままいっていれば、きっと嫌みで鼻持ちならない気取り屋になっていた可能性が高い。

今でも、等身大の自分を受け入れて奢《おご》らずに、という心がけは持ち続けているつもりだ。

矩篤に対する尊敬の念がいっきに高まり、彼の傍《そば》にいるのにふさわしい人間になりたいと思いだしたのもその頃《ころ》からである。

恒とはまるで異なる世界に粛然《しゅくぜん》として居場所を持ち続けている矩篤が好きだ。許されることなら、まだもうしばらく間近で見ていたい。自信はまったくないのだが、矩篤にとって恒が最も気を許して付き合える相手であれたら嬉《うれ》しい。結婚すれば、矩篤は当然恒より新たな家族と近しくなるだろう。そう思うと、たちまち胸のどこかがチリリと焼けるような痛みを感じる。

まるで妬《や》いているようだ。

おかしい――恒は自分の気持ちが摑《つか》めずに困惑《こんわく》してしまう。

嘉和たちと三十分ほど世間話をしたところで、恒は暇乞《いとまご》いをして切り上げることにした。あまり長居をしては迷惑《めいわく》になる。

「なんのおもてなしもできずにごめんなさいね」

「いえ、とんでもないです。美味《おい》しいお茶と生菓子《なまがし》をありがとうございました」

「恒くん、よかったら庭をぐるっと見て行かないか。盆前《ぼんまえ》に庭師を入れて剪定《せんてい》してもらったばかりだ」

嘉和が恒に庭の散策を勧《すす》める。

恒は乗り気になり、嘉和の勧めに従って入側縁《いりかわえん》のガラス戸を開け、三和土《たたき》の沓脱石《くつぬぎいし》でお手伝いさんが玄関《げんかん》口から持ってきてくれた靴《くつ》を履《は》き、主庭に出た。

およそ千坪《つぼ》ある櫻庭家の敷地《しきち》の庭園は、入側縁から眺《なが》め渡《わた》せる大きな池、犬が思いきり走り回れそうな芝生《しばふ》といったように、広さを生かしたゆとりのある設計がされている。池には見事に育った錦鯉《にしきごい》が三十四《びき》ほど飼われており、水中を悠然《ゆうぜん》と滑《すべ》るように行き交《か》っている。ポピュラーな紅白《こうはく》から、大正《たいしょう》、昭和《しょうわ》といった三色のもの、そして浅黄《あさぎ》の網目《あみめ》模様が特徴《とくちょう》的な光りものの孔雀《くじゃく》など様々な種類がいて、華《はな》やかかつ風流だ。

屋内では聞こえなかったお囃子《はやし》が、庭にいると耳に届いてくる。

恒は楽《がく》の音《ね》に引き寄せられるように、南東に位置する離れへと足を運んでいった。離れは先ほどまでいた客間から最も遠い位置にある。軒《のき》が深く張り出した母屋《おもや》のテラスの横を過ぎ、土間を介《かい》して行き来できるように建てられた離れの棟《むね》に辿《たど》り着く。

離れが近づくにつれ、笛と鼓《つづみ》の音が明瞭《めいりょう》になってくる。

そして、そこに被《かぶ》さるように謡《うたい》の声が聞こえてきた。

『今は亡《な》き世に業平《なりひら》の形見の直衣《のうし》、身にふれて……』

三番目物の『井筒《いづつ》』だ。紀有常《きのありつね》の女《むすめ》の霊《れい》が在原《ありわらの》業平の形見の直衣を着けて、業平になった気持ちで舞《ま》う場面を恒は頭に描《えが》く。この曲はこれまでに三度観《み》たことがある。どうやら矩篤は次の舞台《ぶたい》でこれを演ずるらしい。

稽古場《けいこば》は月見台の奥だ。

傍まで来ると、月見台との境のガラス戸が開け放たれ、広い板張りの部屋が見通せた。

一方の端《はし》に十センチほど高くなった舞台が設けられている。

矩篤はその舞台の上で、中啓《ちゅうけい》を手に序舞《じょのまい》を舞っている。

着流しで面も着けていないが、女とも男ともつかぬ異様な妖艶《ようえん》さ、不可思議な存在感は離れた場所から見ていても伝わってきた。

恒はしばし矩篤の舞いに見惚《みと》れた。

ここは、ワキの旅僧《たびそう》が見ている夢かもしれないという設定で、幽玄《ゆうげん》の美が色濃《いろこ》く出る場面だ。

笛と鼓が奏《かな》でる楽の音が幻想《げんそう》的な雰囲気《ふんいき》をさらに強くする。笛に松林を揺《ゆ》らしざわめかす風の音を重ね、鼓に井戸《いど》のある寂《さび》れた庭にしんしんと降り注ぐ月の光を浮《う》かべる。

『男なりけり、業平の面影《おもかげ》……』

井戸の水を鏡にして己《おのれ》の姿を見た女。

謡の調子が静やかになる。

『見ればなつかしや、我ながらなつかしや』

冠直衣姿を映し見て我を忘れ、業平の面影を追慕《ついぼ》するくだり。

徐々《じょじょ》に女の姿は薄《うす》れていき、『明くれば古寺の』『夢も破れて覚めにけり』で旅僧の目覚めとともに消えていく。

その一連の舞に、恒は瞬《まばた》きするのも忘れて見入っていた。

録音された楽の音が途絶《とだ》えても、しばらくぼうっとしていたくらい、矩篤の作り出す世界に浸《ひた》りきっていたようだ。

「恒」

いつの間にか月見台に出てきていた矩篤に呼びかけられ、恒ははっと我に返った。

穏《おだ》やかで静謐《せいひつ》な眼差《まなざ》しをした矩篤が、庭先にぼんやり立ち尽《つ》くす恒を、うっすらと口元を緩《ゆる》ませて見下ろしている。

「来ていたのか」

「あ、そ、そうなんだ」

恒はきりりと引き締《し》まった端整《たんせい》な顔を振《ふ》り仰《あお》ぎ、眩《まぶ》しさのようなものを感じて目を眇《すが》めつつ答えた。

「祖母の使いでおじさんに中啓を届けに」

あぁ、と矩篤は納得《なっとく》して頷《うなず》く。

「父はさぞかし喜んだだろう。きみのお祖母様《ばあ》の見立てはいつも素晴《すば》らしい。ことによると、我々以上に能を理解されているかもしれない」

「それは褒《ほ》めすぎだけど、気に入っていただいたみたいでよかったよ」

「十月の『清経』が楽しみだな」

矩篤は嘉和がシテ方を演ずるその舞台には出ないようだ。

「きみも観るのか？」

続けてそう聞かれた。

「うん……、都合がつけば観たいと思ってるんだけど」

外務省の職員は時間外勤務が少なくない。単に仕事が忙《いそが》しいからというだけでなく、諸外国を相手にするため時差の関係上通常の勤務時間内に片づけられない仕事が多いのだ。

久々なので見に行きたい気持ちはあるのだが、軽々しく約束できず、恒は曖昧《あいまい》に返した。それに、もし行くのなら、どちらかというと矩篤の舞台が観たい。恒はまだ矩篤から次はどの舞台に立つのか聞かせてもらっていなかった。遅《おく》ればせながら気づく。

「矩篤の舞台にはぜひ行くよ」

さん付けはくすぐったいから呼び捨てにしてくれと矩篤に呼び方を改めさせられたのは、矩篤が大学に進学した年だった。当初は恒も戸惑《とまど》い、呼びにくくてよくはにかんでいたが、何事にも慣れはあるものだ。半年も経《た》たずに自分の中で定着し、違和《いわ》感がなくなった。

「ありがとう」

矩篤はいったんは受けてから、さらりと言い足す。

「でも、無理はしなくていい。まだ先の話だ。行けそうなら前日にでも連絡《れんらく》してくれ」

いつものごとく矩篤は恒に負担がかからないよう気遣《きづか》ってくれる。

「いつ？　おれ、何も聞いてないんだけど」

「九月十六日の土曜日だが、場所は京都の観宝能楽堂なんだ。そこで蠟燭《ろうそく》能を行うことになっている」

「京都、か……」

都内ならばともかく京都でとなると、確かに少々難しそうだ。恒は語尾《ごび》を濁《にご》して眉根《まゆね》を寄せた。蠟燭能はまだ観たことがないので極力行く方向で考えたいが、今この場ではなんともいえない。

「そのときの演目が『井筒』？」

「よくわかったな」

むろん、さっき矩篤が舞っていた曲目を知っていたからわかったのだが、祖母ほど熱心な能楽ファンではない恒の意外な知識に、矩篤は感心したように目を細めた。

自分の口から『井筒』と言ったところで、恒は矩篤が稽古《けいこ》の途中《とちゅう》だということを思い出した。

「あ、ごめん。まだ稽古中なんだろう。邪魔《じゃま》するつもりはなかった」

つい失念していたと詫《わ》びると、矩篤はフッと余裕《よゆう》に満ちた顔をして首を振る。

「べつに邪魔されたとは思ってない。ひと区切りついたところで外を見たら、きみがいるのが目に入った。会うのは二週間ぶりだな」

「お互《たが》い何かしらと忙しくて、いつもそのくらいあっという間に経つね」

「きみがパリに研修に行っていた二年間も、考えようによっては短かったかもしれない」

矩篤はさらっとした口調で恒を複雑な気分にさせることを言った。それはつまり、自分のことで手一杯《ていっぱい》で、恒のことなど頭を掠《かす》めもしなかったという意味だろうか。矩篤は声にも表情にもほとんど感情を含《ふく》ませないので、ときどき恒は矩篤の真意が読めず、勝手に寂しくなったり落ち込んだりするときがある。

恒自身、慣れない異国での在外研修中は職場や住環境《じゅうかんきょう》に馴染《なじ》むのに懸命《けんめい》で、他《ほか》に気を回す余地は減っていたのだが、矩篤のことには、今頃《いまごろ》どうしているだろうと、たびたび思いを馳《は》せた。別段、日本にいたときにもそれほど頻繁《ひんぱん》に会っていたわけではなかったのに、下手をすれば家族のことより、よほど矩篤のことを考えていたかもしれない。向こうに滞在《たいざい》中、恒は自分の中で矩篤の存在が自覚していた以上に大きいことを思い知らされたのだ。

自分がそうだっただけに、矩篤のそっけないとすら感じられる言葉を聞くと、がっかりせずにはいられない。一人で気持ちを空回りさせていたような虚《むな》しさを覚える。矩篤にとって恒はたいして重要な位置を占《し》めてはいないらしい。矩篤の言葉は、普通《ふつう》に考えるとそんなふうにしか受けとめられなかった。

矩篤が今最も心血を注いでいるのは仕事だ。恒以外の誰《だれ》かでないことは承知している。

「恒？　どうかしたのか？」

しばらく黙《だま》っていたせいか、矩篤が訝《いぶか》しそうに首を傾《かし》げる。冷静で思慮《しりょ》深そうな瞳《ひとみ》の中に、恒を心配する色が浮《う》かんでいた。

「なんでもない」

恒は落ち着き払《はら》ってかわすと、意識的に笑顔《えがお》を作ってみせた。

それを見て、矩篤もわかるかわからないか程度に頰《ほお》を緩《ゆる》ませ、寄せていた眉根を解《ほど》く。

「できれば上がってこないかと言いたいところなんだが」

やはりこれからさらに稽古を積まなくてはならないようだ。恒も当然そうだろうと踏《ふ》んでいたため、長居はできないと最初から承知していた。

「いいよ。近いうちにまたあらためて食事でもしよう」

さして期待せずに言ってみたところ、矩篤はさっそく自分から日にちを振《ふ》ってきた。

「来週の木曜は？」

珍《めずら》しく積極的で、恒は少し驚《おどろ》いた。

先ほどの言葉はまんざら社交辞令ではなかったらしい。矩篤も今日せっかく恒が来ているのに体が空けられないことを不本意に思ってくれているのが察せられる。

「たぶん大丈夫《だいじょうぶ》だと思う」

今のところ特に遅《おそ》くまで居残りを強《し》いられそうな予定は入っていないので、恒は躊躇《ためら》いがちにではあったが了承《りょうしょう》した。もともと誘《さそ》ったのは自分だ。矩篤と外でゆっくり食事をし、酒を酌《く》み交《か》わしながら静かに会話するひとときは貴重だ。機会があればなるべく棒に振りたくない。

「もし都合が悪くなったら遠慮《えんりょ》せずに連絡してくれ」

「わかった」

思いがけず次に会う約束ができて、恒は内心とても嬉《うれ》しかった。だが、矩篤がいつもとまったく変わらず淡々《たんたん》としているのを見ると、自分ばかりがあからさまに浮《うわ》ついた様子をするのは恥《は》ずかしく、平静を装《よそお》った。

「それじゃ稽古、がんばって」

「ああ。きみも気をつけて帰れ」

ご家族によろしくと軽く手を振られ、恒は名残惜《なごりお》しさを隅《すみ》に追いやって矩篤と別れると、月見台の前を通り過ぎた。

このところ、矩篤と顔を合わせるたびに、以前は感じなかった奇妙《きみょう》なざわめきを胸に覚える。

二年ぶりに帰国し、矩篤と久々に会った夜からだ。

あのときは深く考えなかったし、特に気にかけもしなかったが、以降ずっと同じ状態に見舞《みま》われると、さすがに知らないふりはできなくなる。

どうしたのだろう。どういうわけで、いきなり矩篤を必要以上に意識するようになってしまったのか。自覚していた以上に欧州《おうしゅう》暮らしにストレスを感じ、昔から親しんで頼《たよ》ってきた矩篤に会いたくてたまらなくなっていたからと考えるのが最もしっくりくる気がするが、果たしてそれで正解かどうか、恒自身定かでない。

少し離《はな》れていたせいで、矩篤の大切さが身に沁《し》みたのは事実だ。

近くにいて、会おうと思えばいつでも気軽に会える環境にいるときには感じなかったことが、距離《きょり》を隔《へだ》てることでいろいろと見えてきた。

昔は考えもしなかったのに、今はあまり嬉しくないと思ってしまうことも増えた。

例えば、矩篤の結婚《けっこん》に関する話も、そのうちの一つだ。

まだ誰かのものになってほしくない。

理不尽《りふじん》で勝手極《きわ》まりない願いだとはわかっているが、それが恒の本音なのだった。

Ⅱ

恒の職場は霞が関《かすみがせき》にある外務省庁舎だ。

大学卒業後、国家公務員Ⅰ種に合格して外務省に入省し、二年間本省での研修を受けた後、語学学習のためさらに二年間パリにある在仏日本大使館で在外研修を受けてきた。それを無事終え、つい先々月の六月下旬《げじゅん》に帰国したばかりだ。

希望通り本省に戻《もど》らせてもらい、本省内部部局の大臣官房《かんぼう》に配属された。

大臣官房とは、本省各部局の総合調整や在外公館との連絡《れんらく》調整にあたったり、外国からの賓《ひん》客《きゃく》や在日外交団の接遇《せつぐう》をしたり、国際情勢や日本の外交政策への理解を深めるための広報活動などを主な任務にしている部署である。恒が着任したのは文化広報交流部だ。

月曜の午後、同僚《どうりょう》とランチを終えてデスクに戻ったところ、課長に儀典《ぎてん》から呼び出しがかかっているからすぐに行ってくれと言われ、面食《めんく》らった。

いったいどんな用件かまるっきり思いつけないまま、儀典統括《とうかつ》官の梶原《かじわら》のところに向かう。

「あなたが柚木崎くん？」

統括官のデスクに歩み寄るなり、椅子《いす》に座ったままの梶原からきびきびした調子で確かめられた。

一筋の乱れもなくシニョンにした髪《かみ》と鋭《するど》い視線、そして体にぴたりと合った濃紺《のうこん》のビジネススーツが、いかにも遣《や》り手のキャリアぶりを印象づける。四十五を過ぎた本省の幹部職員の前では、恒などまだまだ尻《しり》に殻《から》のついた雛《ひな》のようなものだ。

梶原に呼ばれたのは恒だけではなかったらしく、デスクの前にもう一人、恒に負けずほっそりとした男が立っていた。グレーの無難なスーツに臙脂《えんじ》色を基調としたネクタイ、そして細い黒縁《くろぶち》のメガネをかけている。恒と同年代らしき男だが、知らない顔だった。

「こっちはドイツ語のスペシャリスト、深澤《ふかざわ》くんよ」

梶原が男を紹介《しょうかい》してくれた。語学専門の職員だとわかる。

深澤は、どうぞよろしくというように恒を見て、会釈《えしゃく》する。恒も軽く頭を下げ返した。

それを見届けた梶原は、デスクに両肘《りょうひじ》を突《つ》いて顎《あご》の下で手を組むと、さっそく本題に入った。

「二人に来てもらったのは、来月十三日に急遽《きゅうきょ》来日されることが決まったエルシア公国皇太子殿下《でんか》の接遇について、相談したかったからなの」

「エルシア公国、ですか」

「そう。あなたは先々月までフランスにいたんだから、もちろん知っているわよね？」

「はい」

早口で決めつけるように聞かれ、恒はたじろぎながらも肯定《こうてい》する。

エルシア公国はベルギーとドイツ、そしてフランスの三国に囲まれた小国家だ。総面積は四国の半分にも満たない。精密機械や医療《いりょう》、国際金融《きんゆう》などを主な産業とし、代々ヴィクセル公《こう》爵《しゃく》家の当主を元首としてきた立憲君主制国家である。

日本との国交は明治時代から開かれており、現大公の長男であるラウル皇太子殿下はかねてから日本に深い関心を抱《いだ》かれていることで知られているが、訪日された経験はない。

「初めてのご訪問よ。いちおう公式訪問の形は取られるけれど、実際はほぼプライベートなご旅行と考えた方がいいわね。十四日の夜、歓迎《かんげい》のレセプションを兼《か》ねた晩餐会《ばんさんかい》が開かれる以外のご予定は、今のところ未定。追って連絡があることになっているわ。お帰りが十八日の午前ということだけ決まっているの」

「はい」

それでいったい自分になんの役目が回ってくるのか、聞きながら恒は期待と不安に包まれ、心臓がトクトクと鼓動《こどう》を速めた。

隣《となり》にいる深澤は、恒と顔を合わせてからまだ一度も口を開いておらず、静かに佇《たたず》んでいるばかりだ。さりげなく流し見たところ、繊細《せんさい》で神経質そうな面立《おもだ》ちに、これといってわかる感情は表れていなかった。この場が初対面の恒には、深澤が何を考えているのかさっぱり摑《つか》めない。何が起きてもさして動じない超然《ちょうぜん》としたタイプのようだ。あまりアグレッシブな印象は受けないので、もし深澤と組んで職務に就《つ》けと言われるとしても、ぶつかり合って不愉快《ふゆかい》な気分になることはなさそうだと思った。

「そういったわけだから、何事も大仰《おおぎょう》にしないで、できるだけ殿下にフランクに楽しんでいただけるよう取り計らえとのお達しよ。殿下のご要望もあって、滞在《たいざい》中の接遇役はなるべく歳《とし》の近い若い職員に任せることになったの。いろいろ検討した結果、あなたたちにやってもらうことになったから」

やはりそういうことか。恒は話の途中《とちゅう》から梶原の意図が見えてきていたため、特に驚《おどろ》きはしなかった。ただ、戸惑《とまど》いはある。

「わたしは国賓《こくひん》クラスの接遇はほとんど未経験なのですが」

そもそも、賓客接遇は普段《ふだん》担当している部署の職務ではないのだ。

やってみたいと思う反面、万一大変な不始末をしでかしたらどうしようという不安も大きかった。

「今回に限っては、折り目正しく丁重《ていちょう》な扱《あつか》いよりも、気さくに話し相手になってくれるような職員がいいとのことだから、堅苦《かたくる》しく考えなくても大丈夫《だいじょうぶ》よ。それに、ちゃんとベテランがアドバイスとフォローをするわ」

どうやらこれはすでに決定された事項《じこう》のようだ。

恒は梶原の悠然《ゆうぜん》と構えた態度に憂慮《ゆうりょ》を一蹴《いっしゅう》され、迷いを払《はら》いのけた。

「わかりました。ご期待に添《そ》えるようがんばります」

いつも通り落ち着いて一つ一つ丁寧《ていねい》に対応していけばきっとなんとかなるだろう。恒は自分に自信を持つことにした。

「あなたも、いいわね？」

梶原が深澤を見据《みす》えて聞く。

恒も深澤に目をやった。深澤がどんな顔で返事をするのか、興味が湧《わ》いたのだ。

「問題ないと思います」

深澤は表情を僅《わず》かも変えず、そっけないくらい感情の籠《こ》もらない声で言う。特に自信があるようでもなければ、大役に緊張《きんちょう》しているふうでもない。たぶん平常からこんな感じでマイペースに飄々《ひょうひょう》としているのだろうと思わせられ、顔に似合わぬ肝《きも》の据《す》わり具合が意外だった。

「それじゃあ、よろしく。詳細《しょうさい》は追ってまた連絡《れんらく》します。柚木崎くんは今回の一件が終了《しゅうりょう》するまで、文化広報交流部の業務よりこの件に関する業務を優先してもらうことになります。部長には許可をいただいてますから、あなたもそのつもりで」

梶原は淀《よど》みのない口調でしゃきしゃき告げると、行ってよしと恒と深澤を立ち去らせる。

質問も何もなくさっさと一礼して踵《きびす》を返した深澤の後を追い、恒も統括官のデスクを離《はな》れた。

「あの、深澤さん」

もう少し打ち解けておきたいと思い、恒は深澤の背中に声をかけ、大股《おおまた》に歩いて肩《かた》を並べた。

「すみません、おれ、こういった仕事は初めてなので、いろいろ不慣れなところがあってご迷《めい》惑《わく》をおかけするかもしれませんけど、どうぞよろしくお願いします」

第一印象では同じくらいの歳かと思ったが、その後のあまりの落ち着き払いぶりを目にすると、実はかなり年上のようにも感じられてきて、恒は丁寧に話しかけた。

「僕も皇太子殿下《でんか》に通訳として付かせていただくのは初めてです」

仕事以外では人見知りするのかと少々危惧《きぐ》していたが、そんなわけでもなさそうだ。黒くて艶《つや》やかな髪《かみ》を細い指で掻《か》き上げ、ついでのようにメガネの位置を直しつつ、耳当たりのいい声で返事をする。

「失礼ですが、おいくつなんですか？」

「僕ですか？　それとも殿下のことですか？」

「もちろん深澤さんです」

思いもかけない質問を、冗談《じょうだん》なのか真面目《まじめ》なのか定かでない顔でする深澤に、恒は苦笑《くしょう》した。よもやそうくるとは予測していなかったので一瞬虚《いっしゅんきょ》を衝《つ》かれた。だが、決して感じは悪くなく、むしろ見かけの取っつきにくさとは裏腹に、案外面白《おもしろ》い人かもしれないという感触《かんしょく》を受けた。

「僕は二十七です」

はぐらかすでもなく深澤はあっさりと教えてくれた。

最初に感じた通り、恒と同年代だ。

そこからさらに突《つ》っ込んで聞いてみて、恒は深澤が自分と同期に入省したということまで知った。名前は秋保《あきほ》というそうだ。

相手にばかり話をさせて自分のことは黙《だま》ったままというのもしっくりこなかったので、恒も簡単に自己紹介《しょうかい》をした。秋保はさして関心があるふうではなかったが、ちゃんと耳に入れてはくれていたようだ。

少し変わっているのは否《いな》めないが、難を感じるほどでもない。

通訳として秋保を頼《たよ》る機会も多々あるだろうから、十三日の皇太子訪日の日までにできるだけ打ち解け、意思の疎通《そつう》がスムーズにいくようにしておきたいところだった。

「殿下は母国語と公用語のドイツ語の他《ほか》、英語も堪能《たんのう》だそうですよ」

依然《いぜん》として感情の籠もらない調子で秋保は言う。

本当に綺麗《きれい》な声をしているなと恒は感心した。通訳よりもアナウンサーや声優になった方がもっとこの美声を生かせたのではないか。他人事《ひとごと》ながら惜《お》しまれるくらいだ。しかし、当の本人は自分がどれだけいい声をしているかなどまるで意識していないらしい。聞き惚《ほ》れてしまって相槌《あいづち》を打つのが微妙《びみょう》に遅《おく》れた恒を、不審《ふしん》そうに見る。

目が合って、恒はバツの悪さにすっと視線を逸《そ》らし、小さく咳払《せきばら》いしてから口を開いた。

「おれもいちおう英語は話せるよ。あいにく第二外国語はフランス語だったので、ドイツ語は習ったことがないけれど」

いわんや、皇太子の母国語であるエルシア語については、聞いてもそれがそうだとわかるかどうかすら心許《こころもと》ない。

「エルシア語はどちらかといえばフランス語に近い感じですね」

「まさかそれも話せる？」

「多少は」

秋保はいかにも専門外だがというように眉根《まゆね》を寄せ、控《ひか》えめに答えた。訊《たず》ねてみはしたものの、まさかそんなマイナーな言語にまで通じているとは思っていなかったので、恒は驚《おどろ》いた。てっきり自分と同じく、皇太子と歳が近いからという理由で秋保にも白羽の矢が立ったのだと信じていたが、単にそれだけではなさそうだ。

「すごいな」

「べつに。エルシア語は趣味《しゅみ》みたいなものです」

秋保は謙遜《けんそん》したというふうでもなく真顔で返す。

もっと話をすれば他にも珍《めずら》しいことがたくさん出てきそうだったが、儀典《ぎてん》のフロアを出て廊《ろう》下《か》を歩き、階段まで来たところで、秋保は「僕は四階に用事がありますので」と会釈《えしゃく》して別れていった。

文化広報交流部に戻《もど》ってみると、すでに課長が部内の面々に、恒がしばらく通常業務から外れる旨《むね》を知らせていたようで、あちこちから好奇《こうき》と関心を浴びせられた。

「エルシア公国皇太子殿下のお世話を任されたんだって？」

「すごいじゃないか。出世のチャンスかもしれないぞ」

いや、そんなことは考えていませんから、と当惑しながらも、恒は内心まんざらでもなかった。キャリアとして入省したからには、人並みに上に行くことに夢と希望はある。プライドもあった。好きな仕事さえしていられたら他は何も望みませんなどと口にすれば、明らかに嘘《うそ》になる。

国賓《こくひん》の接遇《せつぐう》に携《たずさ》わることが将来に有利に働くかどうかはさておき、今回のことが稀《まれ》なケースであるのは確かなようだ。

準備万端《ばんたん》整えて、完璧《かんぺき》な対応ができるよう努力するつもりでいる。そういったことの積み重ねを評価されれば嬉《うれ》しい。

三時過ぎには、儀典から皇太子に関する資料が届けられた。公式に発表されていることはもちろん、趣味や嗜好《しこう》、関心事にまで触《ふ》れた部外秘のパーソナルデータだ。

それによると、ラウル・ヴィルヘルム・ヴィクセル殿下は現在二十五歳。金髪碧眼《きんぱつへきがん》の華《はな》やいだ容貌《ようぼう》が、世界のプリンスたちに熱い眼差《まなざ》しを注ぐロイヤルファミリー・フリークの間でも有名で、常に欧州《おうしゅう》の社交界を賑《にぎ》わせているらしかった。

写真を見ると、確かに男の恒でも惚れ惚れするようなスタイルと、整った容姿の持ち主だ。精悍《せいかん》というよりは、育ちのよさがくっきりと出た甘くて気品のある顔立ちをしている。青い瞳《ひとみ》が自信家で意志の強そうな輝《かがや》きを放っており、実際に対面するとオーラに気圧《けお》されそうな気がした。

趣味は乗馬にフットボール、スキー、スケートと、体を動かすことが中心だ。大学時代は英国に留学し、オックスフォードを優秀《ゆうしゅう》な成績で卒業したとなっている。福祉《ふくし》や慈善《じぜん》事業への関心も高く、実際に自ら活動して相当な貢献《こうけん》をしているようだ。将来の元首らしく、文武両道の立派な人格者たるよう努めているのが伝わってくる。

資料を読めば読むほど、恒はラウルへの好感を増していった。

きっと結婚《けっこん》についても周囲からあれこれ取りざたされているのでは、と思って読み進んでいると、婚約者および恋人《こいびと》は不在の模様、という記載《きさい》まであった。皇太子ともなれば、このへんは慎重《しんちょう》にならざるを得ないだろう。

プルル、と内線が鳴る。

デスクの端《はし》にある電話を取ると、梶原からだった。

木曜日、午後四時から宮内《くない》庁関係者と会って打ち合わせをするからよろしく、とのことである。場合によっては夜中までかかるかもしれないと言われ、恒は受話器を置いて顔を顰《しか》めた。

矩篤と交《か》わした約束が頭を過《よぎ》ったのだ。

せっかく向こうから誘《さそ》ってくれたのに断らなければならないかと思うと残念でたまらない。

だが、どんな場合でも仕事が優先なのは矩篤も恒も同じである。矩篤は二つ返事で許してくれるに違《ちが》いない。変な話だが、実は恒にはそれも少々悔《くや》しかった。矩篤の恒に対する気持ちが、自分の矩篤に対する気持ちより、薄《うす》くてあっさりしている気がするからだろうか。

案の定、その晩自宅から矩篤に電話して事情を話すと、矩篤は『そうか』と落ち着き払《はら》った調子で応じた。

事情といっても、ただ仕事の都合で、と言っただけだったのだが、矩篤はそこから先に踏《ふ》み込むつもりはなさそうだ。

聞かれたらラウルの接待を任されたことを言おうと思っていたので、拍子抜《ひょうしぬ》けした気分になる。実は喉元《のどもと》まで出かかっていたのだが、勇んで先に言ってしまうのはいかにも余裕《よゆう》がなくてがっついている印象を与《あた》えるようで、見栄《みえ》っ張りなところのある恒は嫌《いや》だった。もっとさりげなく報告したかったのだ。矩篤は本当に恒のことにさして興味がないのだなと思い知らされ、ひそかにがっかりする。

穏《おだ》やかで優《やさ》しいが今ひとつ張り合いのない矩篤の態度を、冷たいとまでは言わないにしても、嬉しくなかったのは否めない。

しかし、これがもともと矩篤という男なので仕方がない。

詳《くわ》しい話は抜きにして、新たな約束をするのかどうするのか、恒から振《ふ》ってみた。

「木曜の代わりにどこか日にちを決めておく?」

矩篤はしばし考えていたが、やがて『……いや』と気の進まなそうな渋《しぶ》い声を出す。

『私もちょっとそこから先の予定がはっきりしない。約束だけしておいてまた都合が悪くなったと仕切り直すのも悪いから、もう少し落ち着いた頃《ころ》にしよう』

そうこられては、この先しばらく恒も仕事がどう忙《いそが》しくなるか定かでないため、何も反論できない。

「わかった。残念だけど」

なんといっても先に約束を反故《ほご》にしたのは自分だ。

恒は通話を終えた後、どっと落ち込んだ。

ベッドに身を投げ、ぼんやりと白い天井《てんじょう》を見上げる。

帰国してから二ヶ月経《た》つが、何が以前と最も変わったかというと、こんなふうに矩篤を想《おも》って心が騒《さわ》ぐようになったことだ。パリに赴任《ふにん》した当初、あろうことかホームシックになりかけてしまい、自分の腑甲斐《ふがい》なさに情けなくなったものだが、あのときのせつなさや寂《さび》しさと似ているようでいてまた違う。

Tシャツの上から手のひらで胸を押さえ、恒は大きく息を吸い込み、吐《は》き出した。

自分でもよくわからない。

矩篤とはずっと適度な距離《きょり》を保って付き合ってきた。互《たが》いのプライベートには口出しせず、恒は矩篤にいつ頃どんな彼女がいたかも把握《はあく》していない。直接自分に関係あること以外、聞かなかったし聞かれなかったからだ。正直、恒は好奇心から知りたかったのだが、矩篤にまるで話す気がなさそうだったため、詮索《せんさく》好きの下世話な男だと思われるのが嫌で、自分も関心がないふりをし通してきた。

普通《ふつう》なら、こんなふうに相手との間に一線を引いた付き合いというのは、表面的なもので終わってしまい、長く保てず自然に疎遠《そえん》になっていきがちな気がするが、不思議と恒と矩篤はそうならない。

深入りしないのに、他《ほか》の誰《だれ》に対するより強い結びつきを感じる。

傍《そば》にいても始終会っていたわけではないのに、いざ日本とフランスに別れてみると、離《はな》れていることに違和《いわ》感を覚えだした。

恒は二年間かけてそれを向こうで嚙《か》み締《し》めてきたようだ。

帰国してからの心の変化はその結果だと思う。

「矩篤ともっと親密になりたい、のか……？」

頼《たよ》りない呟《つぶや》きがふと洩《も》れた。

もしそうだとすると、次には、どう親密になりたいのかが悩《なや》まれる。

知り合ってから十七年経った今さら、矩篤との付き合い方であれこれ迷うはめになるとは想像もしなかった。

いくら悩んでみても、こういうことに明確な答えが出せないのはわかっている。

堂々巡《どうどうめぐ》りするしかない思考は苦手だ。

ごろりと体を反転させて俯《うつぶ》せになり、恒は枕《まくら》に顔を埋《うず》めて目を閉じた。

皇太子の一件は、少しの間だけでも恒の頭から矩篤を切り離してくれそうで、幸いだったかもしれない。

ちょうど矩篤も蠟燭《ろうそく》能の上演に向けていつも以上に慌《あわ》ただしくしている。

お互いに忙しければ、よけいなことを考えないで仕事に専念できて、気も紛《まぎ》れるだろう。

そして、次に会うときには、この不可解な気持ちもまた別のものに変化しているかもしれないと思った。

＊

木曜日は仕事の都合でだめになりそうだ、という連絡《れんらく》を恒から受け、それなら仕方がないと物わかりよく答えて電話を切ったとき、矩篤は我知らず溜息《ためいき》をついていた。

べつにたいしたことではないと頭では理解しているつもりだが、気持ちの上では失意を感じていたらしい。いつもの癖《くせ》で、他人事《ひとごと》のように自分の気持ちを外から観察して思う。

恒の負担になることはしたくない——矩篤が最も気にかけるのは常にそれだ。

できればもっと頻繁《ひんぱん》に会いたい、話をしたい気持ちはあるものの、それは一方的なエゴではないかと感じては遠慮《えんりょ》がちになる。出会った頃からずっとこんなふうだ。

矩篤は面白味《おもしろみ》のない退屈《たいくつ》な男だと自認《じにん》している。

人当たりがよく、爽《さわ》やかで気持ちのいい性格の恒には、他にいくらでも親しくしている者がいるはずだ。気の利《き》いた遊びなど何も知らない年上のつまらない男と一緒《いっしょ》にいるより、そういった友人たちと付き合う方が楽しいし有意義に違いない。

恒には、他に何もすることがないとき、矩篤の存在を思い出してもらえればいい。

知り合った当初は本気でそんなふうに思っていたはずだった。

それがいつの頃からだっただろう。気持ちから余裕《よゆう》を欠くことが増え、次第《しだい》に欲を出すようになったのは。

初めて恒と会ったときのことを、矩篤はつい数日前の出来事だったかのごとく脳裏《のうり》に描《えが》ける。

十歳だった恒は、いかにもきちんと躾《しつ》けられた良家のお坊《ぼっ》ちゃんという雰囲気《ふんいき》で、礼儀《れいぎ》正しさと気品のある立ち居振る舞《ふま》い、利発そうな眼差《まなざ》しが印象深かった。白くて鼻筋の通った顔立ちの美しさはすでに際立《きわだ》っていた。

爽やかで綺麗《きれい》な子だな、と第一印象から好感を持った。

いかにも優等生然とした物言いにも、生意気さよりプライドの高さを強く感じて、ずっと見守っていたい心地《ここち》にさせられたのだ。恒がどこか無理をしているように感じられたのかもしれない。

矩篤には兄弟がいないので、恒のような弟がいれば嬉《うれ》しいとも思った。

知り合ってしばらくは、そういう気持ちで恒を見ていたはずだ。中学生や高校生の頃の年の差は、社会に出てからの感覚とはまるっきり異なる。一学年違《ちが》うだけでもずいぶん格差がある気がするものだ。四年も違えば、友達付き合いなどできるものではない。

弟のような存在だと思っていたのが、やがて自然に友人関係にまで近づいたのは、恒が大学生になってからだった。

そのあたりから矩篤が恒を見る目は徐々《じょじょ》に変わってきたらしい。

対等な目線で話すようになって、ぐんと立ち位置が近づいた。それまで生活の中心にあった学校というものが、大学生以降は比率を減らしていき、代わりに共通の話題が増えてきたためだ。宿題や勉強や試験の話は同じ学生の友人と交《か》わしているらしく、矩篤には舞台《ぶたい》のことや国内外へ旅行に行った際のことなどをもっぱら話すようになった。そしてごくたまに、交際している彼女との仲が今ひとつしっくりいかないといった類《たぐい》の悩みなども打ち明けられた。

正直、彼女の話題は矩篤にはどう答えればいいかわからず、聞くのは構わないがたいして役に立ってやれなくて、心地悪かった。

矩篤には、いまだに一つだけ恒に言えないことがある。

言えば、きっと恒は退《ひ》くだろうと思うと、勇気が出せないのだ。

よく矩篤は、淡々《たんたん》としていて落ち着き払っているように見られがちなのだが、実際は少しもそんなことはなかった。

単に感情を抑《おさ》えて表に出さないというだけで、胸の内は普《ふ》通《つう》の人同様に煩雑《はんざつ》としている。

悩みや迷いもあれば、理不尽《りふじん》なことに対して憤《いきどお》りも感じるし、軽蔑《けいべつ》したり呆《あき》れたり、嫌《いや》がったり欲しがったりと、様々に心を揺《ゆ》るがしている。

このままではそろそろ限界かもしれないと不安に駆《か》られ始めた矢先、恒が仕事の関係で海外に行くことになった。

寂《さび》しさと同時に、安堵《あんど》を覚えたのも事実だ。

少し距離《きょり》を置いてみることが矩篤には必要だった。そうすれば自分の気持ちがどこまで本気かわかるだろう。一度はっきり確かめなければ、先に進めない。二年間という恒の研修期間は、矩篤にじっくり考える時間を与《あた》えてくれるものだった。研修終了後《しゅうりょうご》は恒が本省勤務を希望しており、十中八九日本に戻《もど》るだろうと踏《ふ》まえた上でのことだ。外務省幹部に、柚木崎家と懇意《こんい》にしている男がいるため、恒の希望通りになる可能性は高かった。

そして実際、二年間恒と離《はな》れていたわけだが、劇的に変わったことは何もない。

おそらく恒は何一つ気づいていないままだろう。

結局、矩篤が得たのは、自分はやはり恒に特別な気持ちを持っているという自覚だけだ。だからといって即座《そくざ》に告白しようなどとは思わない。そんなに簡単に決意できるくらいなら、とうの昔に実行に移している。

このまま[つか]ず離れずの穏《おだ》やかな関係を保っているだけでも十分ではないか。

多くを望みすぎると、かえって全《すべ》てを失ってしまうかもしれない。矩篤にはそっちの方が怖《こわ》かった。

たぶん矩篤は、恒が考えている以上に恒のことを把握《はあく》している自信がある。

もともと無口な方なので、いろいろ思うところがあってもほとんど言葉にして表さないが、だからといって何も考えていないわけではない。興味や関心がないから黙《だま》っているのではないのだ。それどころか、そこまで見ているのか、知っているのかと、逆に警戒《けいかい》されるのを恐《おそ》れているくらいである。恒は真実がこんなふうだとは想像もしないだろう。

もうしばらくは、これまでと同じく、近づきすぎない位置に立って恒を見続けていられればいい。

矩篤はフッと息をつくと、出書院に置かれた電話の前から立ち上がった。

僅《わず》かに乱れた着物の裾《すそ》を手早く直し、襖《ふすま》を開けて縁側《えんがわ》に出る。

ガラス戸越《ご》しに眺《なが》めやる主庭は、所々に据《す》えられた灯籠《とうろう》の明かりが届く範囲《はんい》を除き、真っ暗だ。今夜は風もないようで、木々の枝葉も動かない。

左手に家屋から迫《せ》り出す形で月見台がある。

土曜の午後、地面から一メートルほど高くなったあの月見台から、庭先に佇《たたず》む恒に声をかけ、ほんの十分足らずではあったが会話を交わした。

二年離れていた間に、恒はますます潑剌《はつらつ》として明るく、綺麗になった気がする。フランスでの研修も無事に終え、いよいよ一人前の外交官として自分に自信を持ってきており、それに裏打ちされた輝《かがや》きが出てきているのだろう。

先々月の帰国以来会うのは三度目だったが、何度姿を見てもドキリとしてしまう。さらっとした髪《かみ》や見事なまでに整った白皙《はくせき》もさることながら、内面から放たれる清々《すがすが》しい自負に魅《み》せられる。

十歳の頃《ころ》から恒を知っている矩篤には、あのお坊ちゃんがこうなるのか、と感慨《かんがい》深い気持ちでいっぱいだ。もしかすると、恒も同じようなことを矩篤に対して思っているかもしれない。

十七年も経《た》つのだから当然といえば当然だ。

矩篤は妙《みょう》に感傷的な気分になっている自分に苦笑《くしょう》した。

稽古場《けいこば》でもう少し舞《まい》の練習をしてから休もうと思い立つ。

夜更《よふ》けだが、この広大な敷地《しきち》のただ中に建っているため、多少楽《がく》の音《ね》を鳴らしたところで隣《となり》近所に迷惑《めいわく》をかける心配はない。

中啓《ちゅうけい》を手にして稽古場に向かう。

雑念を振り切るには無心で稽古に励《はげ》むのが一番だ。矩篤は昔からそうしてきた。恒への想《おも》いは一朝一夕《いっせき》に生じたものではないのだ。

ずっと見守るうちに、いつの間にか悩《なや》まなければならないほど恒を好きになっていた。気づいたときには動揺《どうよう》し、狼狽《うろた》えた。

一時の気の迷いである可能性も捨てなかったのだが、その後五年経っても六年経っても気持ちが変わらなかったので、認めざるを得なくなった。

当面このまま何食わぬ顔をして恒と向き合うしかないと思っている。

そのうち求めても虚《むな》しいとわかって心を納得《なっとく》させ、諦《あきら》められればいいのだが、どうなることかは神のみぞ知るだ。

矩篤はシンと静まりかえっている板間の稽古場に入ると、舞台の上を照らす電灯だけ点《つ》けた。

録音されたお囃子《はやし》の音を控《ひか》えめな音量で流す。

こうして矩篤は真夜中の一人稽古に身も心も没頭《ぼっとう》させていった。

＊

皇太子を迎《むか》えるための準備で三週間は瞬く間《またたくま》に過ぎた。

あれやこれやと細かな打ち合わせがあって、この間、恒はほとんど接遇《せつぐう》のこと以外考える余裕がない状態になっていた。

うっかり矩篤と他《ほか》の日にちに会う約束をしなくてよかったと後からあらためて胸を撫《な》で下ろしたくらいだ。できれば八月のうちに一度と思っていたが、とうてい無理だった。矩篤自身、蠟燭能《ろうそく》の稽古で本格的に忙《いそが》しくなってきたらしく、電話の一本もかかってこなかった。がんばっているみたいよ、というのも、祖母を通して聞いたのだ。

矩篤もずっと慌《あわ》ただしくしていたのだと知り、恒はようやく反対に、そういえばあれ以来ずっと連絡《れんらく》していなかった、と思い出したくらいだ。その時だけは猛烈《もうれつ》に矩篤に会いたい、話がしたいと思ったが、すぐにまた仕事に追われ、それどころではなくなってしまった。

そしていよいよ本日、特別機で成田《なりた》に到着《とうちゃく》する皇太子一行をお出迎《でむか》えする。まさにあっという間にこの日が来た感じだ。

「緊張《きんちょう》してきたかも」

エプロンで風に吹《ふ》かれて髪を乱しながら空を見上げつつ、恒は呟《つぶや》いていた。傍《かたわ》らに立っていた秋保の耳にも聞こえたらしく、首を回して恒を見る。恒は空を仰《あお》ぐのをやめ、同じくらいの背丈《せたけ》の秋保に視線を向け、苦笑する。秋保は相変わらずだ。何があっても動じないのではという冷静さで、緊張している様子など微塵《みじん》も窺《うかが》わせない。これから迎えようとしているのが皇太子であれ自分の叔父《おじ》であれ、何も変わることはないようだ。

準備期間中は秋保と一緒《いっしょ》に行動することが頻繁《ひんぱん》だったので、恒にも秋保の無口で無感情なのかと思うくらいの落ち着き払《はら》いぶりは、すでに慣れたものになっている。かなり風変わりな男だが、他人を不快にさせることは決してしない。礼儀正しく、立ち居振《ふ》る舞《ま》いも上品で、なるほど今回抜擢《ばってき》されたのも頷《うなず》けると、秋保を知るにつけ恒は納得した。

詳《くわ》しくは知らないが、どうやら秋保は代々外交官を多く排出《はいしゅつ》してきた家系の出のようだ。前にちらりと梶原統括《とうかつ》官が洩《も》らしていた。その際にも秋保は無表情のままだったが、ペンを握《にぎ》る指先が僅《わず》かに白くなるのを恒は偶然《ぐうぜん》見てしまった。あぁ、これは触《ふ》れられたくないことなんだな、と察して、気をつけようと頭に刻んだ。

「来ましたよ」

しばらくして、今度は秋保が言って恒の注意を空に向《む》けさせる。

白い機体に濃紺《のうこん》と金でラインや意匠《いしょう》を描《えが》いた一機が滑走路《かっそうろ》に降りてくる。間違《まちが》いない。ラウル殿下《でんか》の乗ったエルシア公国からの王室専用機だ。

恒はそれまで以上に動悸《どうき》が速くなり、全身が強張《こわば》ってきた。

「べつに相手はライオンじゃないんだから、あなたを捕《と》って食いはしませんよ」

秋保にまで恒の緊迫《きんぱく》した様子が伝わるのか、さらりと言われた。

「わかってるけど」

恒は羞恥《しゅうち》にじわりと赤くなりつつ、精一杯虚勢《せいいっぱいきょせい》を張る。秋保の落ち着き払いぶりを少しでいいので分けてほしかった。これでは立場が逆だ。秋保は通訳として恒に従うだけである。ラウルと相対《あいたい》し、滞在《たいざい》中世話を焼くのは恒の務めだ。

着陸した飛行機がじわじわとこちらに近づいてくる。

垂直尾翼《びよく》には遠目にも見て取れた通り、ヴィクセル大公家の紋章《もんしょう》が描かれている。ノーブルで美しい機だ。

恒は気持ちを引き締《し》めるつもりでネクタイのノットに指をかけ、位置を正した。

定位置で停《と》まった機体に素早《すばや》くタラップが寄せられていき、係員たちがタラップの下から赤い絨毯《じゅうたん》を延ばして敷《し》いていく。絨毯は待機している大型リムジンの後部座席まで延ばされた。リムジンの傍《そば》には黒いスーツを着た宮内《くない》庁職員が直立不動で構えている。

恒と秋保は外務省職員に交じって出迎えの列に並んだ。くれぐれも大仰《おおぎょう》にしてくれるなと皇太子側から再三再四の要請《ようせい》があったため、日本側の最高責任者は外務事務次官だ。皇室関係者も総理大臣も顔を出していない。

飛行機の扉《とびら》が開いた。

タラップに淡《あわ》い金髪《きんぱつ》をした背の高いスーツ姿が現れる。

ラウル・ヴィルヘルム・ヴィクセル殿下だ。

慣れた態度で上から皆《みな》に手を振ると、スキップせんばかりの軽快な足取りでタラップを降りてくる。

背後から、黒服に濃《こ》いサングラスをかけた、三十四、五と思《おぼ》しき茶髪の男が、ぴたりと付き従う。ラウルの側近、ジェンス・ヘディンだ。着痩《きや》せして見えるが、ありとあらゆる武術に長《た》け、SPは不要とまでラウルに断言させるほどの信頼《しんらい》を得ている男である。なるほど、身のこなしからして普通《ふつう》と違《ちが》う。恒にもそれだけはわかった。

赤い絨毯に足を着けたラウルのもとに、歓迎《かんげい》の花束贈呈《ぞうてい》役を任された幼女が歩み寄っていく。付き添《そ》っているのは梶原だ。

ラウルはドレスアップした可愛《かわい》らしい少女の前に跪《ひざまず》き、小さめの花束を満面の笑《え》みで受け取った。

「ありがとう、お嬢《じょう》ちゃん」

達者な日本語で礼を言うのが聞こえる。違和《いわ》感のない、綺麗《きれい》な発音だ。

どうやら今回の訪日にあたって、日本語も少しは学んできたらしい。

立ち上がって女の子と手を繋《つな》いだラウルに、事務次官夫妻が進み出て、丁重《ていちょう》な挨拶《あいさつ》を交《か》わした。事務次官夫妻はドイツ語が堪能《たんのう》だ。ラウルとの会話はドイツ語でなされた。

「このたびはお世話になります」

ラウルがにこやかに微笑《ほほえ》む。恒にわかったのはそれだけだ。続けて交わされた会話は聞き取れはしても理解できなかった。秋保を見ても、聞いているのかいないのか、まるで無関心な顔をしている。たいしたことは喋《しゃべ》っていないのだなと、恒はそれで察した。

ラウルは参列した人々にも気安く声をかけたり握手《あくしゅ》をしたりしながら、列の後ろの方に連なっていた恒と秋保の傍までやってきた。

近くで見ると、ラウルは写真で知っていた以上に甘いマスクをした美男子だった。

緩《ゆる》くウエーブのかかった見事な金髪と、宝石を埋《う》め込んだような青い瞳《ひとみ》をしている。仕立てのいいスーツは体にぴったりと合っており、長い足とそれにふさわしい長身をこれでもかというように引き立てる。

全身から醸《かも》し出される圧倒《あっとう》的なオーラと相まって、恒は正視し続けるだけでも気力が必要だった。こんな経験は初めてだ。フランスには現在も貴族は存在するが、別段特権はない。むろん王家もない。元首は選挙で選ばれた大統領だ。社交界に触れる機会はあっても、生まれたときから次の元首になると定められて育ってきたラウルのような人とは出会わなかった。

梶原に促《うなが》され、深々と腰《こし》を折りながらラウルの前に進み出る。

いざとなると逆に恒は落ち着いてきた。もっと混乱して何がなんだかわからなくなってしまうかと心配していたが、それは杞憂《きゆう》だったようだ。顔を上げて皇太子を見るのは勇気がいったものの、青い瞳で見つめられても静かに見返せるだけの冷静さは持ち続けていられた。

「きみが今回、僕と一緒《いっしょ》に行動してくれる担当者?」

最初ラウルはドイツ語で話しかけてきた。

秋保がすぐに訳してくれる。

それを見たラウルは、すっと目を細め、すぐさま英語に切り替《か》えた。

「英語だとわかる?」

「は、はい。申し訳ありません」

恒が恐縮《きょうしゅく》して返すと、ラウルはにっこり笑った。

「まだるっこしいのは苦手なんだ。特に今回は公用のために来たわけではないからね。僕もできるだけリラックスしたい」

光栄なことに、ラウルは恒を一目で気に入ってくれたらしい。興味深げな眼差《まなざ》しが、恒の全身に注がれる。どこがどう皇太子の眼鏡《めがね》に適《かな》ったのかは知らないが、六日間の滞在中世話を焼く身としては第一関門突破《とっぱ》の気分だ。

恒は秋保を気遣《きづか》ったが、秋保は特に気にしたふうもなく、通訳の必要がないのならそれはそれで助かったとばかりに取り澄《す》ましている。メガネの奥の瞳はどんな感情も映していなかった。こんなとき、秋保のマイペースさに救われた気分になる。

ラウルの関心は恒一人に向けられていて、秋保には儀礼《ぎれい》的に一度視線をやり、感じよく微笑んでみせただけだった。以後はずっと恒だけを見る。

「滞在中はよろしく」

そう言って、ラウルは恒にすっと手を差し出してきた。

恒は遠慮《えんりょ》がちにラウルの手を握《にぎ》る。

爪《つめ》の先まで手入れの行き届いた綺麗な指に、瞳と同じ色合いのブルーサファイアの指輪が塡《はま》っている。

ぎゅっとラウルに手を握り返され、恒ははっとして目を上げた。

こちらを見据《みす》えるラウルの眼差しとぶつかる。

穏《おだ》やかで優《やさ》しげな瞳の中に、どうしたの、僕に見惚《みと》れているの、と揶揄《やゆ》するような気持ちが覗《のぞ》いているようで、恒はギクリとした。

ていた。確かに心を一部囚《とら》われかけていた気がする。ラウルの持つ強烈《きょうれつ》な魅力《みりょく》に呑《の》まれ、茫然《ぼうぜん》となっていた。

「こちらこそ、どうぞよろしくお願い致《いた》します。今回のご訪日が殿下《でんか》にとって有意義なものになりますよう、精一杯《せいいっぱい》努めさせていただく所存です」

「ああ。期待しているよ、恒」

ラウルは正確な発音で恒の名を呼ぶと、それではまた後で、と言いたげな流し目をくれて恒と秋保の前を通りすぎた。

そのまま黒塗《くろぬ》りの大型リムジンに乗り込む。

側近のジェンスもラウルの後から後部座席に身を入れた。

先導車両に続いて大型リムジンが発車する。

さらに後続する車が動き出したのを見届けて、恒はようやくホッと息を吐《は》き出した。

張り詰《つ》めていた気がいっきに緩む。

「やっぱり、すごいオーラがあったね」

賛同を求めて秋保を振《ふ》り返る。

秋保はメガネの中心を指先で押さえ、「ええ」といかにも気のなさそうな返事をしただけだった。もしこれが取り繕《つくろ》っているのでないならば、たいしたものだと恒は感嘆《かんたん》する。まるで童話の中から抜《ぬ》け出してきたような完璧《かんぺき》な王子様ぶりを目《ま》の当たりにして、平常通りの反応がで

きるのはさすがだ。ともすると、ラウルが秋保にあまり関心を示さなかった意趣返《いしゅがえ》しではないかと穿《うが》った見方もできるのだが、それは秋保の性格に合致《がっち》しない。おそらく虚勢《きょせい》などではなく、秋保は本気でラウルに何も感じなかったのだろう。

もしこのことをラウルが知ったら、ムッとしてムキになるのではないかと、恒はおかしくなった。まだラウルについては、あらかじめ得ている情報から形作られた像以外何もわからないが、なんとなくそんな気がする。プライドが高くて自分にも自信があるようだったので、自分が相手に興味を持たないのは失礼なことではないと捉《とら》えても、相手が自分に同じ反応を示すのは悔《くや》しがるだろう。明らかにラウルは、自分の並はずれて魅力的な容姿を自覚している。男でも女でも落とせない者はいないと思っているのが伝わってきた。変な話だが、ラウルと秋保では今のところ秋保の方が優勢なのかもしれない。年の功だろうか。

「僕たちも行きましょう」

秋保が先に立って歩きだす。恒もすぐ追いついて肩《かた》を並べた。

これからラウルが滞在《たいざい》するホテルに先回りして着いておかなければならない。ラウルたちの車のルートは、安全確保のために最短距離《きょり》ではなく諸条件を加味して最善と判断されたものに設定されている。

恒と秋保、梶原ら外務省スタッフを乗せた車もすぐに出発した。

「なんとかやれそうね」

梶原はラウルが恒を気に入った様子だったのをしっかりと見ていたらしい。まずまずうまくいっていると満足そうだ。恒も「はい」と躊躇《ためら》わずに答えた。問題はむしろこれからだが、常に冷静で何事にも動じない秋保が一緒《いっしょ》だと思うと心強い。先ほどの一件で、恒は今回の相方が秋保で本当によかったと感じた。

「あなたも、大丈夫《だいじょうぶ》ね？」

「何も問題はないと思います」

続けて梶原に聞かれた秋保は、やはりなんの感情も含《ふく》ませずに返していた。人によっては取っつきにくい男だと思うに違《ちが》いない。損をしている部分も多々あるだろう。だが、恒にしてみれば、すでにこれが秋保らしいと感じられるまでに慣れてきていたので、今さら愛想《あいそ》よくなれた方が反対に戸惑《とまど》いそうだ。

最短のルートで予定通り先にホテルに到着《とうちゃく》した。

VIP用の地下駐車場《ちゅうしゃ》でホテルのスタッフらと共にリムジンを待つ。

リムジンは十分後に何事もなく滑《すべ》り込んできた。

ホテルスタッフの手で開けられたドアからラウルが颯爽《さっそう》と降りてくる。

滞在中はフロア二階分が貸し切りになり、通常のエレベータはその間該当《がいとう》する階には停《と》まらない。鍵《かぎ》を持ったスタッフ以外は表から入れなくされる。ラウルは原則としてこの駐車場から直行のエレベータで出入りすることになっていた。

ている。


「明日は午後七時から晩餐会《ばんさん》でしたね。楽しみにしていますよ」

ラウルは事務次官夫妻ににこやかに微笑《ほほえ》み、握手《あくしゅ》を交《か》わした。

本日これからの予定は白紙だ。長旅で疲《つか》れているので部屋でゆっくりするということになっている。

すでにラウルの荷物はエルシア公国から同行してきた侍従《じじゅう》たちの手によって部屋に運び込まれている。恒と秋保も今日のところは以上で終わりのはずだったが、ラウルは恒にだけ残って部屋まで来てくれと言う。

「明後日以降の打ち合わせがしたい」

恒に聞きたいことがいろいろあるような様子を匂《にお》わせる。

「構わないだろう？」

「はい、もちろんです」

どう転んでも嫌《いや》とは言えず、恒はいったん答えてから、できれば秋保にも一緒にいてほしいと思って隣《となり》に視線をやった。

「心配しなくても、英語で話す。それならさっききみも流暢《りゅうちょう》に喋《しゃべ》っているから、不都合はないだろう」

いささか強引《ごういん》だとは思ったが、そもそも四の五の言える立場ではない。

「わかりました」

恒は了承《りょうしょう》し、秋保には梶原たちと先に帰ってもらうことにした。

なんだかラウルが自分ばかり贔屓《ひいき》にしてくれているようで秋保に申し訳なくて仕方がなかったが、ラウルはまるで頓着《とんちゃく》する様子もない。秋保も意に介《かい》してなさそうだったのが救いだ。

専用エレベータでいっきに三十六階まで上がる。

今回ラウルが借り切ったのは、この階と、もう一つ下の階だ。そこはスタッフが使う。

エレベータにはラウルと恒とジェンスの三人が乗った。後のスタッフは表に回って通常のエレベータを、カードキーで動かして上がってくる。

上昇《じょうしょう》する箱の中で、恒はそわそわと落ち着かない心地《ここち》になってきた。

間近で見るとジェンスも独特の雰囲気《ふんいき》を醸《かも》し出しており、傍《そば》にいると緊張《きんちょう》して息苦しさを覚えた。サングラス越《ご》しにひたと見据《みす》えられると、それだけでピリリと全身に電気を流されたような感じがする。真一文字に引き結ばれた唇《くちびる》はもとより、頬《ほお》の筋一つ動かさない。ジェンスの声はまだ一度も聞いていなかった。おそらくこの先も何か突発《とっぱつ》的な事件でもない限り、その機会はなさそうな予感がした。

ラウルはといえば、とても機嫌《きげん》がいいようで、先ほどからずっと親しみを込《こ》めた笑顔でいる。恒と目が合うたびに思わせぶりに睫毛《まつげ》を瞬《また》かせてみせたり、ウインクしてきたりする。今まで誰《だれ》からもそんなふうにされたことのない恒は、どんな顔をして応《こた》えればいいのかわからずに、焦《あせ》ってばかりだ。

どうして自分だけが残されるのだろう。先ほどからそればかり考えている。

よもやこんなふうにしてさっそくラウルと一人で向き合うはめになるとは予想外すぎた。恒にはラウルの思惑《おもわく》が少しも摑《つか》めない。

あっという間に三十六階まで上がったエレベータの扉《とびら》が開く。

ジェンスがさっと先に出て、左右を抜《ぬ》かりなく見渡《みわた》した。そうして何事もないことを確認《かくにん》してから、ラウルに恭《うやうや》しく頭を下げてドアが閉まらないように押さえる。

ラウルは普段《ふだん》からそうされるのが当然といった態度で悠然《ゆうぜん》と降りていった。ジェンスが恒にも軽く顎《あご》をしゃくってくれたので、続いて恒も箱から出た。

三人とも降りると、再びジェンスが先頭に立ち、廊下《ろうか》を歩く。

豪奢《ごうしゃ》な絨毯《じゅうたん》を敷《し》き詰《つ》めた特別フロアには、誰の気配もしない。侍従たちは手早く荷解きを済ませた後、三十五階で待機しているのだろう。

「僕はあまり人から構われるのが好きではないんだ」

まるで恒が頭の中で考えていたことを読み取ったかのように、唐突《とうとつ》にラウルが口を開いた。

ちょうどジェンスが、クリーム色に金で飾《かざ》りを付けた両開きの扉を開けたところだった。

ここでもまずジェンスが室内の安全を確かめて、それからラウルが足を踏《ふ》み入れる。

部屋は二五〇平米のプレジデンシャルスイートだ。ダイニングルーム、ミニキッチン、パントリー、リビング、書斎《しょさい》、ダブルベッドルームで構成されている。あらかじめ外務省スタッフと下見していた恒は、部屋に入る前から間取りを把握《はあく》していた。

「まぁ座って」

スーツの上着を脱《ぬ》いでジェンスに渡したラウルは、恒に気さくにソファを勧《すす》めた。ジェンスはクローゼットに上着を掛《か》けると、そのまま深々と一礼し、コネクティングルームになった隣のツインルームに引っ込んだ。

「あの、何かお飲み物をお持ちしましょうか？」

二人だけになったので恒は気を利《き》かせてラウルに聞いた。

「そうだね、じゃあミニバーのシャンパンを開けようか」

まだ四時を回ったばかりのところだったが、恒は半ばそう言い出すのではないかと予期していたため、驚《おどろ》かなかった。ミニバーに備え付けの冷蔵庫から高級シャンパンのハーフボトルを出す。よく冷えていた。銘柄《めいがら》もラウルのお気に入りであるモエのロゼだ。ホテル側の手配は完《かん》璧《ぺき》だった。

「きみも付き合ってくれないか」

クリスタル製のグラスにロゼ・シャンパンを注いでいると、有無《うむ》を言わせぬ口調でラウルが言い出した。

さすがにまだ勤務中だと断ろうとしたのだが、振《ふ》り向いてラウルと顔を合わせた時点で、恒はラウルが何を言っても聞きそうにないと悟《さと》り、諦《あきら》めた。青い瞳《ひとみ》に込められた強気な輝《かがや》きを見れば一目瞭然《いちもくりょうぜん》だ。これも仕事と割り切る。幸い、恒はアルコールにはそれなりに耐性があった。顔に出るほど飲まなければいいだろう。

「ありがとうございます」

ハーフボトルを二杯《はい》に注《つ》ぎ分けて、一つをラウルに手渡す。

「乾杯《かんぱい》」

ラウルは満悦《まんえつ》した笑みを湛《たた》え、グラスを受け取るなり恒が持っていたものにカチリと触《ふ》れ合わせた。そして一口飲んでさらににこりとする。

「完璧な冷え具合だ」

大丈夫《だいじょうぶ》だとは思っていたが、恒もそれで本当に安堵《あんど》した。どんな些細《ささい》なことでも粗相《そそう》があってはならない。プライベート中心の訪日であろうがなんだろうが、相手は未来の大公殿下なのだ。

ラウルは半分まで減らしたシャンパングラスをガラス張りのローテーブルに載《の》せ、長い足を組んで肘掛《ひじか》けに左の肘を預けて寛《くつろ》いだ姿勢を取った。

「きみも、もっとリラックスしたらいい。気兼《きが》ねは無用だ」

「はい」

いちおう頷《うなず》きはしたが、ではお言葉に甘えて、というわけにはいかない。恒はシャンパンを三口ほど飲むと、ラウルに倣《なら》ってグラスをそっとテーブルに置いた。飲もうと思えば飲めるのだが、これ以上飲むつもりはなかった。

ラウルはそんな恒の気持ちを敏感《びんかん》に察したのか、ずばりと聞いてきた。

「もしかして、僕を警戒《けいかい》している？」

「いえ、そんなことはありませんが」

実際のところ、恒にラウルを警戒する気持ちはなかった。べつにシャンパンを最後まで飲まないのは道徳的な問題からで、ラウルに対してどんな含《ふく》みがあるのでもない。むしろ、ここでラウルがこんなふうに言うこと自体が不思議だ。

「ねぇ、きみ」

ラウルはおもむろに足を組み替《か》えると、さらにざっくばらんな調子になった。

今度こそ恒は、僅《わず》かながら身を強張《こわば》らせ、何を言い出すのかとラウルに警戒心を抱《いだ》きかけた。

そんな恒を、ラウルはじっと興味深そうに見つめる。

「きみはいくつなんだったかな？」

あらかじめこちら側のスタッフの資料も大使館を通じて提出されているはずだが、ラウルは細かい内容は覚えていないらしい。

「二十六ですが」

ラウルが帰国する予定の日に二十七歳になるが、できればこのことには気づかれたくないと思った。知られて万一おめでとうなどと言われたら、かえって負担になりそうだ。大学を卒業してからは、誕生日を特別な日だと感じたことがない。そこから今までずっと恋人《こいびと》がいなかったせいだろうか。

「ふうん、驚いたな。きみは僕より年上なのか」

ラウルは本当に意外そうな表情をしていた。

確かに西欧《せいおう》人の基準からすれば、恒はもっと若く見えるかもしれない。骨格が細くて背がそれほど高くなく、顔もどちらかといえば小作りだ。フランスではよくボーイッシュな女性と間《ま》違《ちが》われた。年齢《ねんれい》もまず当てられたことがない。ひどいときにはティーンエイジャーと言われたこともある。

「見かけによらず年なんです」

ここはジョークにして流してしまおうと、恒は薄《うす》く笑ってみせた。

「いや。全然見えないよ」

しかし、ラウルは話を逸《そ》らさない。

恒は思い切って自分から話題を変えてみた。

「あの、先に打ち合わせを終わらせておきたいと思うのですが、いかがでしょうか、殿下《でんか》」

チッチッとラウルが立て続けに軽く舌打ちする。皇太子も場合によってはこんな俗《ぞく》っぽいまねをするらしい。昨今は王侯《おうこう》貴族といえど、留学などで一般《いっぱん》の子弟と一緒《いっしょ》に生活する機会を持つケースも多いので、多少は世俗《せぞく》にも染まるのだろう。べつにそれはそれで恒もいいと思うのだが、なにぶんにも目の前にいるのが金髪碧眼《きんぱつへきがん》の美青年のため、つい夢物語の登場人物のような印象で勝手にラウルを見てしまいそうになり、落差に驚《おどろ》かされるのだ。

「殿下、はやめてほしい。僕のことはラウルと呼んでくれないか」

「……いえ、それは……」

「僕がそうしてほしいと頼《たの》んでいるんだよ、恒」

またもや恒は押し切られる形になった。仕方なく「わかりました」と答える。内心では、できるだけ呼びかけずにすませるにはどうすればいいものかと、早くも思案する始末だ。

「それで、明後日からのご予定ですが……」

取りあえずこの場は必要事項《じこう》だけ確認して辞去しよう。そう思い、恒はあらためて切り出そうとした。

だが、詰《つ》まるところ、ラウル自身にその気がないのでは話にならない。

部屋で打ち合わせをと言ったのはラウルだったはずだが、まるでそんな覚えはないかのように、またもや恒の意表を衝《つ》いてくる。

「きみは恋人はいるの？」

「は？」

今度こそ恒は意外すぎる質問に面食《めんく》らい、本当にそう聞かれたのかにも自信がなくなった。

ラウルはふふ、と楽しげに口元を緩《ゆる》ませ、艶《つや》っぽい目つきで恒を流し見る。

「きみについて記された資料の中にあったポートレートを見て、どういう人だろうとあれこれ想像していたんだけれど、思っていた以上に素敵《すてき》で、僕は今、楽しくて仕方がない」

「……そ、それは、どうも。光栄です」

他《ほか》に言うことが見つからず、恒は痞《つか》えながら受け流そうとした。

「恋人は？」

ラウルが重ねて聞いてくる。はぐらかしてはすまされない雰囲気《ふんいき》だ。

「いません、が」

正直に答えるしかなかった。

いない、と言葉にしたとき、ふと、矩篤の顔が頭に浮《う》かび、それにも恒は狼狽《うろた》えた。なぜここで矩篤を思い出すのだ。おかしいじゃないか、と自分を叱責《しっせき》する。よほど動顚《どうてん》しているのに違いなかった。

「そう。それはいいことを知った。好都合だ」

どこがどうラウルにとっていいことで、都合がいいのか、いっそ問い質《ただ》したかったが、聞くと抜《ぬ》き差しならなくなりそうで、怖《こわ》くて聞けずじまいになった。聞くまでもなく、薄々《うすうす》察されていたからかもしれない。

「面白《おもしろ》い方ですね」

無礼になるかもしれないと承知で、恒は引きつった微笑《ほほえ》みを顔に浮かべつつ、今度もまた冗《じょう》談《だん》にしようと試みた。

しかし、ラウルの方が一枚上手だ。

「たまに言われるよ」

ジョークともただの開き直りとも取れる返事を、臆面《おくめん》もなく爽《さわ》やかに口にする。

気のせいかもしれないが、恒は頭痛がしてきた。

ラウルの考えていることがわからない。よりにもよって、なぜ自分を相手にこんな意味のない話をいかにも思わせぶりにするのか。

恒は学生時代を通してろくにもてたためしがなかったと自覚している。

付き合ったことのある女性は何人かいたが、いずれも短いサイクルでだめになった。いずれも恒自身に熱っぽさがなかったせいでもあるが、それ以上に自分には人としての魅力《みりょく》が足りないのだと思う。よく、綺麗《きれい》な顔をしていると感心されるが、かといって同性から告白された経験もない。自分は、恋愛《れんあい》をする対象としてはだめなのだろう、つまらない人間なのだろうと考えざるを得なかった。

「どうした？」

少しの間黙《だま》り込み、暗い顔をしていたせいか、ラウルが心配そうな顔をして恒を覗《のぞ》き込むように見る。

「すみません！　少しぼんやりしてしまいました」

恒は慌《あわ》てて謝り、丸めかけていた背筋を伸《の》ばして居住まいを正した。

「もしかして酔《よ》った？」

「……かもしれません」

全然そんなふうではなかったのだが、この場は言い訳代わりに否定せずにおく。

フッ、とラウルが目を眇《すが》め、いっそう思わせぶりな表情をした。

「もっと飲ませたいけれど、ここで焦《あせ》ってきみに嫌《きら》われては大変だ。今日のところは約束通り打ち合わせに入ろうか」

「はい」

不穏《ふおん》な発言や不可解な発言はこの際無視し、恒は仕事に戻《もど》ることにした。

「ところで、明日はきみも出席するんだろうね？」

「晩餐会《ばんさんかい》後のレセプションですか？」

スタッフとして手伝いで参加する、と答えると、ラウルは「そう」と嬉《うれ》しげに頷《うなず》いた。

ラウルの笑顔は、本国のメディアで幼少時『天使の微笑《びしょう》』と称《しょう》されており、それがいまだに定着しているらしいのだが、確かに納得《なっとく》できる。

思わず引き込まれそうになりながら、恒は慌てて首を一振《ひとふ》りし、気を取り直した。

Ⅲ

宮中での晩餐会の後に開かれたレセプションには、各界の著名人が招かれていた。

政財界の重鎮《じゅうちん》はもちろん、文化的な功労のあった人々も数多く来場しており、華《はな》やかな場をいっそう盛り上げる。ラウルが日本の文化に並々ならぬ関心を抱《いだ》いているとのことだったので、様々な分野で活躍《かつやく》している人が集められたのだ。俳優、女優、ミュージシャンにアーティスト、歌舞伎《かぶき》役者に作家、ファッションデザイナーなど、ざっと見渡《みわた》すだけであの有名人もこの有名人も顔を見せている。まさに壮観《そうかん》だった。

恒も、秋保や梶原ら外務省の面々と接待のため会場に来ていた。

公国の皇太子を歓迎《かんげい》する宴《うたげ》ということで、スタッフも全員正礼装だ。男性はブラックタイ、女性はイブニングドレスで臨《のぞ》んでいる。

ラウルの周囲にはひっきりなしに人だかりができるが、達者な英語を話すため通訳を要する場面もさしてなく、秋保は手持ち無沙汰《ぶさた》そうだ。もともとパーティー自体が好きではないようで、ラウルの傍《かたわ》らに従う姿がなんとなく憂鬱《ゆううつ》っぽく見えた。日頃《ひごろ》めったに喜怒哀楽《きどあいらく》を表さない秋保にしては珍《めずら》しい。

そんなふうにときどき秋保とラウルを気にかけながら、恒はレセプション会場全体に目を配っていた。不都合が起きていないかどうか見定め、何かあったら即座《そくざ》に駆《か》けつけ、迅速《じんそく》に対応するためだ。ラウルの身辺警護には、警視庁警備部警護課から選《え》りすぐりのSPが十名ばかり派遣《はけん》されている。彼らも会場内にさりげなく溶《と》け込んでおり、関係者以外には知らされていない目印を確認《かくにん》しない限り、誰《だれ》がそうなのか判別がつかない。側近であるジェンスの姿も、会場に入ってからはラウルの傍らから消えていた。おそらく目立たない位置からラウルを警護しているのだろう。

恒がゆっくりとした足取りでフロアを歩き回っていたところ、背後から「恒」と耳慣れた声に呼び止められた。

まさか、という気持ちで振り返った恒は、人込みの中に意外な顔を見つけ、目を瞠《みは》った。

「矩篤……！」

紋付《もんつ》きの羽織袴《はおりはかま》姿の矩篤が立っている。

「あぁ、ようやく会えたな」

いつもと変わらぬ冷静そのものの態度で言う矩篤に、恒はしばらく茫然《ぼうぜん》としたままだった。

「どうして？」

やっと口を開いて発したのはその一言だ。

「私も招待されたんだ」

ともすれば失礼にあたる質問だったにもかかわらず、矩篤は気分を害したふうでなく静かに答えた。

もちろん、招待されたから今夜ここに来ているはずだ。

能楽師櫻庭矩篤といえば若手のうちでは人気実力共に並はずれた存在だ。端整《たんせい》で凛《りん》とした佇《たたず》まいと確かな演技の才能を買われ、国営放送から何度か連続テレビドラマに出演依頼《いらい》があったほどである。今のところ矩篤はお能以外の舞台《ぶたい》に立つつもりはないらしく、断り続けているそうだが、この例に限らず、矩篤を起用したがっている先は多かった。

こういった集まりが開かれれば、招待客のリストに名前が挙がったとしてもまったく不思議はない。

恒にもそれは重々わかっていたが、今夜会えると露《つゆ》ほども期待していなかったのは、今まで矩篤がこうした席上に姿を現したためしがないからだ。ことごとく断ってきたのを承知していたので、たとえ招待されたとしても来るはずがないと思い込んでいた。

「びっくりした。どういう風の吹《ふ》き回し？」

恒は正直に思った通りを告げ、矩篤の涼《すず》やかな眼差《まなざ》しを受けてどんな表情をすればいいのか悩《なや》み、そっと目を伏《ふ》せた。突然《とつぜん》呼び止められた動揺《どうよう》が、まだ抜《ぬ》けきれずにいる。タキシード姿を矩篤に見せるのは初めてで、それも少し恥《は》ずかしかった。

「ギリギリまで出欠を迷ったんだが、今回はきみが殿下《でんが》の接遇《せつぐう》役をしていると耳にして、それなら会えるかもしれないなと思ったんだ。私も、誰か知った顔がいれば気が楽だ。殿下のことも……、遠目でいいので一度どんな方なのか見ておきたくなった」

矩篤にも自分がらしくないことをしている自覚があるのだろう。恒に説明しながら、その実自分自身が気持ちを整理しようとしているのが、言葉の端々《はしばし》に窺《うかが》える。こんな矩篤は初めてだ。矩篤にしては今ひとつ歯切れが悪いので、もしかするとまだ他《ほか》に言ってくれていない本心があるのでは、という気もしたが、よけいな詮索《せんさく》をするのも品がないのでやめておく。

「もしかして祖母が何かおれを心配するような話でもした？」

代わりに恒は最もありそうなことを聞いてみた。

国賓《こくひん》の世話を任された孫を誇《ほこ》らしく思うのと同時に、果たしてうまくやり遂《と》げられるのかと、ずっと気を揉《も》んでいる琴子のことだ。櫻庭家を訪ねた際、矩篤や彼の両親たちにあれこれよけいなことを喋《しゃべ》った可能性はあった。琴子は心配性《しょう》で多少過保護気味なのだ。特に本家の一人息子である恒に対して、その傾向《けいこう》が強く出る。

「何事もなく殿下の帰国の日を迎《むか》えられれば、それ以上言うことはない、とおっしゃっていただけだ」

先ほどの喋りづらそうな感じからは一変し、矩篤は普段《ふだん》と同じ思慮《しりょ》深くて確固とした口調で言った。

「それできみが、おれがちゃんと務めを果たしているかどうか見届けに来たわけじゃないんだろう？」

冗談《じょうだん》めかして聞くと、矩篤は、それは違《ちが》うとばかりに苦笑する。

「珍しいこともあるものだな。でも、今夜ここで矩篤に会えて嬉《うれ》しいよ」

ラウルが帰国するまでは、会う暇《ひま》はないだろうと諦《あきら》めていた。約束を反故《ほご》にしたまま、その後電話の一本も入れていないことを気にはしていたものの、以前からお互《たが》いに仕事を優先させてきたので、仕方がないと割り切っていたのだ。今のイレギュラーな仕事が無事終了《しゅうりょう》するまで、恒はプライベートでの多少の不自由は我慢《がまん》するつもりだった。

それが思いがけず、矩篤から歩み寄る形で、久々に顔を合わせることができた。本当に嬉しかったので、恒は視線を上げて矩篤を見て、率直《そっちょく》に言葉にした。

「ああ」

矩篤も頷《うなず》いて、瞬《まばた》きもせずにじっと恒を見返す。

いつになく視線に熱が籠《こ》もっている気がして、恒はドキリとした。

「そ、それで、殿下とは挨拶《あいさつ》できた？」

言葉を探して慌《あわ》てて会話を繋《つな》ぐ。このまま黙《だま》っていると、妙《みょう》な恥ずかしさからぎくしゃくしてきそうだった。

「いや」

べつにそれはどうでもよさそうに矩篤は短く答える。先ほどの言葉の通り、ただ見るだけで十分だったらしい。

考えてみると、矩篤が役者以外の人間に自分から積極的に興味を抱《いだ》いて行動するのは稀《まれ》だ。矩篤の関心は主に芸事に向けられており、その他に関しては基本的に受け身の体勢でいることが多い。

だとすれば、いったいラウルのどこに今回は気持ちを動かされたのか、疑問だった。バレエやオペラを鑑賞《かんしょう》するのが好きで、日本の伝統芸能に関する知識も豊富らしいラウルと語り合い、西欧人《せいおう》である彼の視点から見た能について話が聞きたいとでもいうのならまだ納得《なっとく》できるが、ラウル自身を端《はた》から眺《なが》めることに意味があるとは思えない。

もしかすると矩篤は畏《おそ》れ多いと遠慮《えんりょ》して、いっそ無関心を装《よそお》っているだけかもしれない。そんなふうにも考えられたので、恒は気を利《き》かせようとした。

「折を見ておれが殿下に紹介《しょうかい》するよ」

引き合わせる程度であればできるだろう。

だが、矩篤はそれには返事をせず、いささか唐突《とうとつ》なことを訊《たず》ねてくる。

「きみは、常に殿下の間近にいて、いろいろ話すのか?」

矩篤の声音《こわね》には、聞こうか聞くまいか迷いあぐねた挙げ句踏《ふ》み切ったような印象があった。

恒は矩篤の質問の意図が摑《つか》めず、きょとんとする。

「いろいろってほどでもないけれど、もちろん話すのは話すよ。まだ昨日の午後お迎えしたばかりで、そんなに話をする機会があったわけでもないけど。……どうして？」

「あ、あぁ……いや」

矩篤はよけいなことを口にしてしまったと後悔《こうかい》したらしく、気まずげに顔を横向けた。

「べつに何というわけではないんだ。緊張《きんちょう》しないのかと聞きたかっただけだ」

なんだ、そういうことか。

ちらりと言い訳がましさを感じないでもなかったが、恒はいちおう納得した。

そのとき、矩篤の肩越《かたご》しに、こちらに向かって笑顔《えがお》で歩み寄ってくるラウルの姿が目に入り、恒は「あっ」という顔をした。

それを見た矩篤が首を回して背後を振《ふ》り返る。

エルシア公国の宮廷《きゅうてい》における皇太子の正装に身を包んだラウルを認めるや、矩篤の体に僅《わず》かながら緊張が走るのがわかった。

黒に近い濃紺地《のうこんじ》に金の縫《ぬ》い取りを施《ほどこ》した上着には、勲章《くんしょう》やモールがついて派手《はで》やかだ。長身で胸板《むないた》の厚い鍛《きた》え抜《ぬ》いた体格をしたラウルをとても映《は》えさせる。純白の絹の手袋《てぶくろ》が様になっていた。シングルのスーツをノーネクタイで着ていても圧倒《あっとう》的な高貴さは消せないのだが、こうして正装した姿を見ると、見惚《みと》れずにはいられない。大股《おおまた》に颯爽《さっそう》と近づいてくるラウルに恒の目は釘付《くぎづ》けにされた。さらにその後ろに秋保がいるのに気づいたのは、ラウルが恒と矩篤の傍に来て足を止めたときだった。

「こんなところに隠《かく》れていたのか」

ラウルは探したんだぞと言わんばかりに冗談っぽく顔を顰《しか》めてみせた。

「申し訳ありません」

隠れていたつもりはないが、ここは素直《すなお》に頭を下げておく。

「こちらは？」

恒が紹介するより先に、ラウルはさっそく矩篤に目を留め、フランクに聞いてくる。

「はい。観宝流シテ方能楽師、櫻庭矩篤氏です」

「なるほど、能役者か。まさしくそんな雰囲気《ふんいき》だ」

「初めまして、ラウル皇太子殿下《でんか》」

どうぞお見知りおきを、と矩篤は慇懃《いんぎん》にお辞儀《じぎ》した。

ラウルは青い目をすっと眇《すが》め、まじまじと矩篤を見る。まるで品定めでもするかのごとく、少々不躾《ぶしつけ》な態度だ。他の人々と挨拶していたときには、もっとフレンドリーで屈託《くったく》のない様子をしていたはずだが、矩篤には何か含《ふく》みがあるような接し方をする。

矩篤も、たじろいだふうもなく、ラウルの遠慮のない視線を真っ向から受けとめる。

二人が見合っていたのはほんの数秒のことだったが、矩篤の隣《となり》にいた恒にも緊迫《きんぱく》した空気は伝わった。ラウルの一歩後ろに佇《たたず》んでいた秋保だけは何も感じなかったのか、特に表情らしきものは浮《う》かべず、静かに成り行きを見ている。

先に視線を外したのはラウルだった。

ラウルは微《かす》かに息をつくと、恒に顔を向けた。

「で、きみたちはどういう知り合いなんだ？」

「そうですね、幼馴染《おさななじ》みというのが一番近いかと思います」

自宅も離《はな》れているし、歳《とし》も結構違うしで、幼馴染みと言えるほど密な付き合いをしてきたのかどうか疑問だが、他に短い言葉でうまく説明することができなかった。

「つまり、付き合いだして二十年以上になるわけか」

「今年で十七年です」

「長いことに変わりはないな」

ラウルの口調はどこか羨《うらや》ましげだ。

そして、何事か言いたげな顔をして、またもやちらりと矩篤に目をくれる。

「遠くから見ても仲睦《なかむつ》まじい雰囲気だったので、ちょっと邪魔《じゃま》をしてやりたくなったよ、恒」

「で、殿下。おっしゃっていることの意味がよくわかりません」

ただ普通《ふつう》に立ち話していただけだ。どこをどう取ってラウルはそんなふうに焼きもちを妬《や》いたようなことを言うのか、恒には理解できない。同時に、このところ何くれとなく胸中に感じるモヤモヤがぶり返し、心の奥を暴《あば》かれかけた気がして冷や汗《あせ》を掻《か》く。

矩篤はラウルの軽口をほぼ無表情のまま聞いているだけで、口を挟《はさ》んではこない。

きっとからかわれて遊ばれているのだとは思うが、ラウルのように高貴な身分の男を相手にどんな態度を取ればいいのか決めかねて、恒は当惑《とうわく》しっぱなしだ。内心面白《おもしろ》がっているに違いないラウルが少し恨《うら》めしくなる。

「わからなければわからなくていいよ」

ラウルは軽く肩《かた》を竦《すく》めてみせ、自信たっぷりににっこりとする。

茶目っ気があって憎《にく》めない得な性格をしている。恒は負けた気分で、寄せていた眉根《まゆね》の間を開く。

「何かお飲み物をいただいてまいりましょうか？」

恒はラウルの手が空いていることに遅《おく》ればせながら気づいた。

「あぁ、ありがとう」

「いつものシャンパンでよろしいですか？」

「それがいいね」

「恒。私も行こう」

矩篤も一緒《いっしょ》に来ようとしたのを、意外にもラウルが止めた。

「よかったら、能楽について聞かせてもらえないか。興味があるんだ」

ラウルは邪気《じゃき》のない顔で微笑《ほほえ》みながらも、有無《うむ》を言わせない雰囲気を醸《かも》し出す。さすがの矩篤も、ラウルの持つオーラに圧倒され、抗《あらが》えないようだ。

恒は三人を残して部屋の端《はし》にあるバーコーナーに足を向けた。まだ少し心臓の鼓動《こどう》が速い。矩篤とばったり会えた驚《おどろ》きと嬉《うれ》しさが込《こ》み上げるたび、胸の奥から熱いものが間欠泉のように湧《わ》いてくる。心の準備をする前に、いきなりラウルが二人のところにやって来たせいもあるだろう。こちらからラウルのもとに出向いて声をかけていただこうと考えていた矢先だったので、恒は狼狽《うろた》えてしまった。

いっぱしの外交官として立派にやっていけている姿を矩篤に示そうとしたのだが、不意を衝《つ》かれて動揺《どうよう》し、みっともないところを晒《さら》すはめになった気がして残念だ。矩篤は心の中で苦笑《くしょう》しつつ、まだまだだなと思ったに違《ちが》いない。べつに、矩篤の手前見栄《みえ》を張る必要はないものの、しゃきっとしてみせたかった。矩篤同様、恒もがんばっているのだと知らしめ、感心させたかったのだ。すでに四つの年の差は昔ほど感じなくなってきていたが、さらに矩篤と対等になりたいと、背伸《せの》びする気持ちがあるのかもしれない。

バーコーナーでラウルの愛飲しているロゼ・シャンパンを四つ、グラスに注《つ》いでもらう。

恒の顔を知ったホテルの給仕係《きゅうじ》が、それを銀盆《ぼん》に載《の》せ、恭《うやうや》しくついてくる。

三人がいる場所に引き返す途中《とちゅう》から、人込みに紛《まぎ》れてラウルが矩篤を相手に熱心な会話を交《か》わしているのが目に入ってきた。

ラウルと矩篤は向き合って、ときおり秋保の通訳に助けられつつ、互《たが》いに身振り手振りを加えて真剣《しんけん》な表情で何事か話している。この様子からすると、先ほどのラウルのセリフは、単に矩篤を引き留めるための口実ではなかったのが明らかだと思えた。

離れた位置からでも、ラウルと矩篤は非常に目立っていた。

ラウルほど長身ではないにしろ、清々《すがすが》しいほど姿勢がよくて、粛然《しゅくぜん》とした佇まいの中に自負を感じさせ、堂々としている矩篤に、恒はあらためて感嘆《かんたん》した。きりりと引き締《し》まった表情に魅《み》せられる。

近くからだけ見ているとわからないこともあるものだと思い知らされた心地《ここち》がした。

矩篤が若い女性たちからずいぶんもてはやされていると聞いても今ひとつピンとこなかったが、今夜ようやくまざまざと納得《なっとく》した。なるほどこれは周囲が放《ほう》っておかないだろう。

「お待たせいたしました」

給仕係を伴《ともな》って三人の傍《そば》まで歩み寄る。

「あぁ、恒」

ラウルはひどくご機嫌《きげん》な様子で、満面の笑みを見せる。

給仕係が胸の位置に構えた銀盆に手を伸《の》ばしてグラスを取ると、「乾杯《かんぱい》しよう」と皆《みな》にも促《うなが》した。恒は矩篤と秋保にグラスを渡《わた》し、最後に自分の分を手に持った。給仕係は畏《かしこ》まって一礼し、その場を離れる。

乾杯、と四つのグラスが集まり、カチリという繊細《せんさい》な音をたてた。

秋保と恒は仕事中なので、唇《くちびる》を湿《しめ》らせる程度にだけグラスに口をつける。アルコールに強い恒は多少飲んでも実は構わないのだが、どうやら秋保は、取り澄《す》ました顔つきが与《あた》える印象と異なり、かなり弱いようだ。メガネ越《ご》しの目元がもううっすら赤く染まっている。しかし、ラウルはいつも恒ばかり見ていて、秋保の様子には気づいたふうもない。昨日恒が成り行きから強くないと言ったのを覚えていたらしく、冷やかしを込めた眼差《まなざ》しを注いでくる。酔《よ》ったところが見たいとばかりだ。

そうはいきません、と恒はラウルに艶然《えんぜん》と笑いかけた。

だんだん恒にもラウルのあしらい方が摑《つか》めてきた。

「きみがいない間、矩篤から蠟燭《ろうそく》能のことを聞いていたんだ」

ラウルの言葉に矩篤も頷《うなず》く。少し話しただけで、ラウルの知識の豊かさ、正確さに一目置いたようで、感心した表情になっている。さすがは一国の未来の元首、プレーボーイ顔負けの軽口ばかり叩《たた》いているわけではないらしい。他《ほか》の人間には窺《うかが》い知れずとも、長い付き合いの恒には矩篤の顔の些細《ささい》な変化がそこはかとなく見て取れた。自分に関したことでなければ、恒はかなり鋭《するど》く矩篤を見極《みきわ》められる。

「機会があればぜひご覧くださいと殿下《でんか》にお勧《すす》めしていたところだった」

矩篤の顔を見る限り、まんざら社交辞令というふうでもない。いつになく積極的に出たのが意外だった。ことに相手が相手だ。

「薪能《たきぎ》というのは知っていたが、蠟燭能というのは初耳だったよ。さぞかし幻想《げんそう》的な雰囲気《ふんいき》の中で演じられるんだろうな」

「実は私も蠟燭能はまだ観《み》たことがありません」

明後日京都で行われる矩篤の舞台《ぶたい》を鑑賞《かんしょう》できればよかったのだが、演能の日がラウルの訪日期間と被《かぶ》っていて、イレギュラーに自分が接遇《せつぐう》役を任された時点で諦《あきら》めはついていた。残念だが今後また機会はあるはずだと自分を慰《なぐさ》めた。

「きみは？　物知りな通訳さん」

たまには秋保にも話しかけないと悪いと思ったのか、ラウルが秋保に揶揄《やゆ》を含《ふく》ませた調子で聞く。

「いいえ、あいにくですが」

秋保の返事は木で鼻を括《くく》ったようにそっけない。国賓《こくひん》としてのラウルに職務柄《がら》敬意は表しているが、本心は無関心なのがそこはかとなく感じられる。おそらく秋保はわざと匂《にお》わせているのだなと恒は推察した。秋保は頭がいい。その上とても冷静で、今まで完璧《かんぺき》なポーカーフェイスを保ち続けてきた。それがここになって感情を僅《わず》かでもちらつかせるのは、計算尽《ず》くとしか思えない。どこにどんな思惑《おもわく》があるのかまではさすがに考えつけなかったが。

勘《かん》がいいらしいラウルも、恒と似たことを感じたようだ。

ムッとして口元を歪《ゆが》ませた。

しかし、すぐに気を取り直した様子で、肩《かた》を竦《すく》めてチクリと皮肉を言うことで受け流してしまう。

「秋保はどうやら僕の前でまだ緊張《きんちょう》が拭《ぬぐ》い去れないみたいだな。それとも、物知りなと添《そ》えたのが嫌《いや》みにでも取れたのかな」

秋保に向かってではなく、恒にそう零《こぼ》すと、ニヤッと悪びれずに笑う。

「緊張ならわたしもしています。殿下のお言葉を嫌みだと感じる余裕《よゆう》もないくらいです」

恒は秋保を庇《かば》った。この三週間、二人で一緒《いっしょ》に行動する機会が多かった恒には、秋保の人となりが多少なりと理解できてきている。むしろ、見てくれほど感情の起伏《きふく》が少ないわけでもなければ、孤高《ここう》を好むわけでもなさそうだ。繊細で弱い自分を取り繕《つくろ》い、守るために、あえて無《ぶ》愛想《あいそう》という名の鎧《よろい》を着ている気がする。いかにも度の薄《うす》そうな黒縁《くろぶち》メガネも、綺麗《きれい》な白皙《はくせき》を目立たなくするためではないかと疑っていた。

「きみもか」

ふうん、とラウルは不本意そうに息をついた。

「昨日もっと打ち合わせに時間をかけて、お互《たが》いを知り合うべきだったな」

またしてもそんな意味ありげなことを言う。

矩篤がじっとこちらに視線をくれるのが、確かめなくとも雰囲気で察せられた。探《さぐ》るような眼差しだ。横顔に当たる痛いほどの視線から恒はそこまで感じる。

恒は矩篤にどう思われたのか気になって焦《あせ》った。

ただの言葉遊びと踏《ふ》まえてくれればいいのだが、万一変なふうに誤解されたらたまらない。確かにラウルは絵本に描《えが》かれた美貌《びぼう》のプリンスそのもので、話していると否応《いやおう》なしに惹《ひ》きつけられる。しかし、恒はもし選べるならば、金髪碧眼《きんぱつへきがん》の西欧《せいおう》の王子より、その隣《となり》に立っている静謐《せいひつ》な黒い瞳《ひとみ》、艶《つや》やかな黒髪《くろかみ》をした和装の男を選ぶだろう。ラウルも魅力《みりょく》的だが、恒にとって矩篤は、他の全《すべ》てを超《こ》える存在だ。大切にしたい、今の関係をできる限り長く続かせたいと願っている。

「殿下はたまにご冗談《じょうだん》が過ぎられます」

恒はやんわりとラウルを窘《たしな》めた。立場上これが精一杯《せいいっぱい》だ。

「恒。僕のことは名前で呼ぶように言ってあったはずだが？」

「わかっております。ですが、どうか公《おおやけ》の場ではお許しいただきたいと」

ラウルに次から次へと困らされ、恒は意趣返《いしゅがえ》しされているのかと思った。

気に入ってくれているようなのは光栄だが、あまり無理を通されようとすると、恒もそれほどのんびり構えた性格ではないため、苛立《いらだ》ちが募《つの》ってくる。

これまで生きてきた中で、恒はこんなふうに強引《ごういん》に迫《せま》られ、振《ふ》り回された経験がないため、戸惑《とまど》ってばかりだ。ラウルのことは決して嫌《きら》いではない。気に入ってもらっているらしいのも、とても光栄だと感謝している。しかし、だからといってなんでも許せるわけではない。恒にしてみれば、ラウルに付き添っているのはあくまでも仕事なのだ。それ以上の意味は、少なくとも今のところなかった。

矩篤を気にかけながら恒がラウルと際《きわ》どい遣《や》り取りを交《か》わしていると、通訳するとき以外では話を振られない限り口を開こうとせず、どこか蚊帳《かや》の外にいる感じだった秋保が、どういう気持ちの変化か自分から矩篤に声をかけた。

「十六日の曲目は確か『井筒』ですよね？」

意外なこともあるものだ。

矩篤自身、自分以上に無口な印象だったに違《ちが》いない秋保に話しかけられて、虚《きょ》を衝《つ》かれたようだった。えっ、と驚《おどろ》き、僅かに間が空く。その後すぐ気を取り直し、落ち着き払《はら》った深みのある声で、「その通りです」と肯定《こうてい》していた。恒はついラウルとの会話より、傍《かたわ》らで喋《しゃべ》り始めた秋保たちに意識をやってしまい、ラウルに「恒？」と聞いているのかどうか確かめられる始末だった。

「あ、すみません……」

謝りながらも、やはり二人が気にかかる。

秋保は矩篤と『井筒』の話を続けていた。

さっきラウルが秋保を「物知りな通訳さん」と冷やかすように呼んだが、まんざら揶揄《やゆ》しただけではない。実際、秋保はびっくりするほど博識で、政治や経済などの小難しい話題であれ、文化や芸術方面のことであれ、一通り以上の理解があった。

おまけに、矩篤でさえも感嘆《かんたん》するほどの美声をしている。

「失礼になったら謝りますが、実にいい声をされていますね」

矩篤が他人をこんなふうに褒《ほ》めるのを、恒はあまり聞いたことがない。容貌《ようぼう》や体格、声などといったものは、生まれついてのものという部分が多々あるためか、矩篤の中であえて触《ふ》れるものではないという認識《にんしき》らしいのだ。恒自身、矩篤から顔立ちがどうのと言われたことは、これまで一度もない。その矩篤が、失礼かもしれないと前置きした上でも褒めずにはいられないほど秋保の声は美しいのかと思うと、正直、恒は胸が不穏《ふおん》にざわついた。

「……ということは、日本では……」

ラウルの声が耳を右から左に抜《ぬ》けていく。

器用にそれらしい相槌《あいづち》を打ってしっかり聞いているふりをしながら、恒は矩篤と秋保にばかり神経を集中させていた。

「先生にお褒めいただけるとは光栄です」

秋保もまんざらでもなさそうに受け答える。

「何かされているのではないですか。たとえば詩吟《しぎん》など」

矩篤が秋保に関心を寄せている。これもめったにないことだ。

「いいえ、今は特に何も。子供の頃《ころ》は三味線を習っていましたので、長唄《ながうた》などを多少は囓《かじ》りましたが、まるっきり忘れてしまいました」

「もったいないですね」

矩篤は本気のようだった。声に熱が籠《こ》もっている。恒にこんなふうに言ってくれたことは一度もない。

じわじわと胸を炎《ほのお》で炙《あぶ》られるような痛みを覚えてきた。ジリッと胸を焼かれる。これまで感じたことのない苦しさだ。辛《つら》い、と思った。

「もしご都合がつくようでしたら、今度ぜひ稽古《けいこ》をご覧になりに来てください」

「よろしいのですか」

以前から一度シテ方の稽古風景を見たかった、と秋保はいつになく声を弾《はず》ませる。

恒は突然《とつぜん》激しい焦燥《しょうそう》と不安に駆《か》られ、息が詰《つ》まりそうになった。

はっきり説明できないが、絶望的な喪失《そうしつ》感が目の前まで迫ってきている気がしたのだ。

「恒」

いきなりラウルに腕《うで》を摑《つか》まれ、恒ははっとして我に返った。

しまった、と青ざめる。

途中《とちゅう》からすっかりラウルを放置してしまっていた。

「大丈夫《だいじょうぶ》か、きみ」

ラウルが真剣《しんけん》な面《おも》持ちで恒を心配する。揶揄する雰囲気《ふんいき》は完全に消え、真摯《しんし》で誠実な、愛情に満ちた眼差《まなざ》しで見つめられ、恒はすまなさでいっぱいになった。

「申し訳ありません。少しぼんやりしていました」

「今夜は早めに切り上げよう」

ラウルはまるで恒を自分の大切なパートナーでもあるかのごとく扱《あつか》う。自分のために開かれているレセプションを早めに切り上げるなどと真面目《まじめ》な顔で言い出すとは予想もしない。妻の具合が悪くなったので、というのならまだしもだ。

「わたしは大丈夫です」

恒は恐縮《きょうしゅく》して首を振った。

「どうかしたのか、恒?」

矩篤も気づいて秋保との会話を中断し、恒の顔を覗《のぞ》き込む。矩篤の表情も本気で恒の加減を気にするものだった。

二人の男から気遣《きづか》われ、恒は当惑《とうわく》しながらひたすら問題ないと繰《く》り返した。

なんだか恥《は》ずかしくて狼狽《うろた》える。

二十七年間もてた記憶《きおく》などほとんどないというのに、ここにきて、誰《だれ》しもが憧《あこが》れるような男二人に囲まれて、ちやほやされている気になってくる。もちろん、それはまったくの勘違《かんちが》いで、二人ともそんなつもりでいるのではないと承知しているが、優《やさ》しい言葉と態度に絆《ほだ》されそうだった。

「明日の朝九時に、僕の部屋に来てくれないか」

結局ラウルは恒が大丈夫だと納得すると、早めに切り上げるのはなしにしたが、レセプション終了後《しゅうりょうご》、ジェンスを連れてリムジンに乗り込む間際《まぎわ》、恒にそう言った。

「畏《かしこ》まりました」

外務省職員たちと一緒《いっしょ》に車寄せに並び、深々と敬礼してリムジンを見送る。

明日はいったいどんなことが待ち構えているのか、すでに恒には予測がつかなくなっていた。

＊

「えっ、京都、ですか……？」

翌朝九時、約束通りラウルの部屋を訪ねた恒は、ソファセットに向かい合って座るなりラウルに要請《ようせい》されたことに目を丸くした。

「そう」

一分の隙《すき》もなくチャコールグレーのスーツで身を固めたラウルは、機嫌《きげん》よさそうな顔をして淹《い》れたてで湯気の立っている紅茶を飲んでいる。

恒は分厚いファイルを捲《めく》り、明日からの予定にもう一度目を通した。

今日と明日は、都内と近郊《きんこう》にある美術館や博物館、児童施設《しせつ》、鳥類センターなどを見て回ることになっている。すでに何十回となく確認したスケジュールだ。

それを、今日になってラウルは変更《へんこう》したいと言い出したのである。

「調整はできるだろう？」

否《いな》、とは断れない。できるできないではなく、やらねばならないことは明白だ。

「なんとかなると思います」

恒は、ラウルの気まぐれに振《ふ》り回されることへの困惑《こんわく》から、あえて曖昧《あいまい》な返事をした。スケジュール変更と簡単に言うが、各部署との打ち合わせを一からやり直し、関係各所に通達を回して早急《さっきゅう》の手配を抜《ぬ》かりなく行わせることがどれだけ大変か、ちらりと考えただけでも眩暈《めまい》がする。勘弁《かんべん》してくれというのが偽《いつわ》らざる心境だった。

「矩篤の蠟燭《ろうそく》能をぜひ観《み》ようじゃないか」

ラウルは快活に、とても楽しげに言う。

やはりそういうことか、と恒はズキズキしてきたこめかみを指先で押さえ、納得《なっとく》した。

実を言うと、昨晩のうちから、万に一つの確率でこうなる可能性があることを恒は考えずにはいられなくなっていた。ラウルが矩篤と蠟燭能の話で盛り上がっていたと知ったあたりから、予感はしていたのだ。しかし、あり得ないだろうという常識が先に立ち、よもや本当になるとは思わなかった。

とんでもない展開になったものである。恒は複雑だった。

矩篤の舞台《ぶたい》を観られるのは願ってもないことだが、金髪碧眼《きんぱつへきがん》のプリンスの意向に添《そ》うため、今日一日大勢の関係者を奔走《ほんそう》させるのかと思うと、ここはきっかけを作ってしまった責任を取り、なんとかラウルを諭《さと》すべきだという気もしてくる。

「言っておくが、僕は前言撤回《てっかい》しないよ、恒」

ラウルはあたかも恒の胸の内を読んだかのごとく、先回りする。

もちろんラウルに翻意《ほんい》させるのは初めから相当困難だと覚悟《かくご》して臨《のぞ》むつもりではいた。だが、それさえも、こうして牽制《けんせい》されると諦《あきら》めるしかなく思えてくる。

「手配、してくれるね？」

甘い声で念を押され、恒もいよいよ頷《うなず》いて腰《こし》を上げるしかなくなった。梶原に相談したところで結果は同じに決まっている。何事も皇太子の意思が最優先。今度の訪日のスケジュールは、あらかじめそう言い渡《わた》されているのだ。

「畏まりました。すぐに仰《おお》せの通りに計らいます」

果たして今日一日で全《すべ》ての手配がつけられるのか不安だが、担当者全員でなんとかやり遂《と》げるしかない。

その代わり、と恒はここだけはきっぱりラウルに了承《りょうしょう》を求めた。

「殿下《でんか》の本日のご予定につきましては、前もって組まれている通りで構わないと先ほどおっしゃったかと思いますが、同行はわたしではなく深澤に任せますこと、ご了解いただけますか」

「なぜ？」

ラウルは恒がそんなふうに言うとは思わなかったらしく、あからさまに不服げな顔をした。

恒もここは譲《ゆず》れなかったので、怯《ひる》まずラウルの顔を直視して返す。

「わたしもスケジュールの調整のために動かなければなりません」

「僕はきみと一緒に美術館や博物館を回りたい」

ラウルも簡単には退《ひ》かず、なぜそれがだめなのだ、と本気で訝《いぶか》しがる。いくらでも他《ほか》にその仕事をする職員はいるはずだろう、と言いたげだ。自分が望んでいるのに、それより優先することがあると告げられるのは、まるで自分がないがしろにされるようでラウルには屈辱《くつじょく》なのかもしれない。

だが、恒もいったん決めた以上腹を据《す》えていた。

ラウルがわがままを通そうとするのは、なぜか常に恒が関係したことばかりだ。矩篤のこともそうだろう。それを恒は、自分の責任であるかのように感じていた。だから屈《くっ》してはいけないと思うのだ。

「わたしも殿下とご一緒《いっしょ》したいのはやまやまなのですが」

恒はやんわりとだが、絶対に揺《ゆ》るがされない気概《きがい》を声に含《ふく》ませた。

ふっとラウルが苦笑《くしょう》する。まいったな、という呟《つぶや》きが恒の耳にまで届いた。

「意外に強情《ごうじょう》なんだね」

「……かもしれません」

「わかった、きみの言う通りにする」

ラウルは潔《いさぎよ》く空いている左手を胸の前で挙げてみせ、降参の意を示した。

手にしていたティーカップをローテーブルに置いたソーサーに戻《もど》し、話はすんだとばかりに立ち上がる。

恒も慌《あわ》ててファイルを閉じ、ソファから腰を浮《う》かした。

こんなに早々に解放してもらえるとは期待していなかっただけに、ラウルが怒《おこ》っているのではないかと不安になる。

しかし、それは考えすぎだったらしく、ラウルは今朝顔を合わせたとき同様、鼻歌でも歌い出さんばかりに上機嫌《じょうきげん》のままだった。

ファイルを脇《わき》に抱《かか》えた恒を、ラウルは廊下《ろうか》に出るドアのところまで送ってくれた。

「十時半に深澤がお迎《むか》えに上がります」

「ああ。予定通りだね」

今度はラウルも文句をつけず、さらりと受ける。

「まぁ、僕も彼が不服というわけではないんだ」

「深澤は優秀《ゆうしゅう》な男だと思います。たぶん、ラウルを退屈《たいくつ》させはしないでしょう」

「そう願いたいね」

そこでラウルはフフッと思い出し笑いをする。

「……彼、コンタクトにしないのかな。どのくらい目が悪いんだろう？」

「さ、さぁ、どうでしょうか」

これはまた唐突《とうとつ》な質問だ。秋保に視力のことなど聞いてみようと思いつきもしなかったので、恒は返事のしようがなく、曖昧《あいまい》な相槌《あいづち》を打った。ラウルの思考がどちらを向いているのか、恒には相変わらず摑《つか》めない。

「一度、レンズが曇《くも》ったみたいで、外して拭《ふ》くところをちらっと見かけたんだ。……綺麗《きれい》な横顔をしていたな」

恒にはメガネをかけていない秋保をうまく思い描《えが》くことができず、仕方なしに微笑《ほほえ》んでごまかした。さして重要なことでもないだろう。

広い室内を横切ってドアの前まで来た。

「恒」

そこでいきなりラウルに両腕《りょううで》を回して抱《だ》き締《し》められ、無防備だった恒は心臓が縮むのではないかというくらい驚《おどろ》いた。

「ラ、ラウル……！」

なんのまねですか、と続けようとしたが、叶《かな》わなかった。

強引に唇《くちびる》を塞《ふさ》がれていたのだ。

キスされた？　あまりのあり得なさに、恒は頭の中が混乱し、まともに思考できなくなってしまう。

「ありがとう」

どうやらキスはお礼のつもりでしたらしい。

それにしても恒はラウルの大胆《だいたん》さが信じられず、茫然《ぼうぜん》と目を見開いたままでいた。強く抱擁《ほうよう》されたまま、身を捩《よじ》ることも失念していたくらいだ。

ラウルもいっこうに腕を緩《ゆる》める気配がない。

端麗《たんれい》な顔を近づけて、青い瞳《ひとみ》を満足そうにきらめかす。

「なぜそんなにびっくりする？　僕はただ、きみに感謝の気持ちを表しただけだ。これから迷《めい》惑《わく》をかけることへのお詫《わ》びも込《こ》めてね」

「でも、日本ではあまり、こういうふうにはしないんです」

恒はたどたどしく返した。それ以外、言葉が見つからなかった。

「きみと、もっと文化の交流を図《はか》る必要があるようだな」

「ぶ、文化……？」

いったい何を言っているんだ、と頭ではラウルの科白《せりふ》に難癖《なんくせ》をつけつつ、口には出せない。

それでも恒は、なんとか身動《みじろ》いで、ラウルの腕から逃《のが》れた。

抱き締められても手から放さなかったファイルをぎゅっと指で摑む。

「からかうのはやめてください、ラウル」

恒には揶揄《やゆ》されているとしか思えなかった。

「そんなつもりは毛頭ないよ」

ラウルは真顔になって首を振《ふ》る。

「わたしはこういうことに慣れていないんです」

「ああ。それはよくわかった」

本当だろうか。恒はわかった、と神妙《しんみょう》に言うラウルの顔を軽く睨《にら》むと、すぐにまた目を逸《そ》らし、嘆息《たんそく》する。

「帰りたまえ、恒」

すっかり動揺《どうよう》している恒をこれ以上引き留めても、ラウルが望むような結果にはならないと判断したのか、ラウルは手ずからドアを開けてくれた。

廊下には警備の警察官が二名立っている。

もしかすると、キスされたときの物音や、その後の遣《や》り取りを聞かれたのでは、と羞恥《しゅうち》を感じたが、今さらすぎた。

たかが唇を軽く合わせただけのキスだ。忘れてしまえばいい。

「予定通りに今日の日程をこなすと、午後十時過ぎにはここにまた戻《もど》っていることになる。その頃《ころ》、明日の手配がうまくいったかどうか、報告しに来てほしい。……いいね？」

「……もちろんです」

仕事は仕事だ。

恒はラウルの顔をしっかりと見て答えた。我ながら気丈《きじょう》に振る舞《ま》えていると思う。以前の自分なら、もっとみっともなく動揺し、何がなんだかわからなくなったままここを飛び出していたのではないだろうか。計画通りに進むことに対しては、至って冷静沈着《ちんちゃく》に完璧《かんぺき》な行動ができるのだが、突発的《とっぱつ》な出来事にはからきし弱いのが恒の欠点だ。何かの拍子《ひょうし》に矩篤にこの話をして、矩篤が「舞台《ぶたい》向きではないかもしれない」とうっすら微笑んだことが、不意に脳裏《のうり》に甦《よみがえ》る。

矩篤に会いたい、と強く思った。

無理だとわかりきっているし、なにより昨夜会ったばかりだというのにだ。よほど気持ちを動顛《どうてん》させているらしい。

ホテルを出た後、登庁するために地下鉄の駅に向かう。

いつまでも腑抜《ふぬ》けた状態になっている暇《ひま》はなかった。

大至急、梶原に報告し、上席者の判断と指示を仰《あお》いで行動する必要がある。

秋保にも、今日一日、ラウルを一人で接遇《せつぐう》してくれと頼《たの》まなければならなかった。たぶん、秋保は不平を洩《も》らしはしないだろうが、お世辞にも愛想《あいそ》がいいとは言い難《がた》いので、その点だけが心配だ。ラウルも秋保の単調な喋《しゃべ》りと、めったに崩《くず》さない表情が苦手らしい。これぱかりは秋保になんとかしてもらうしかないだけに、先が思いやられ、胃が痛くなりそうだった。

＊

矩篤が風呂《ふろ》上がりに月見台で涼《すず》んでいたところ、住み込みのお手伝いの暢子《のぶこ》が控《ひか》えめに顔を覗《のぞ》かせた。手には電話の子機を携《たずさ》えている。

「誰《だれ》から？」

先回りして聞くと、恒からだと言う。

珍《めずら》しいこともあるものだ。恒はあまり電話が得意ではないようで、普段《ふだん》からめったにかけてこない。昨晩、レセプション会場で顔を合わせた際、結局二人きりでゆっくり話せたのは、ほんの十分足らずだった。正直、矩篤は消化不良気味で物足りない思いをしていたのだが、ラウル皇太子という国賓《こくひん》に付いて一時も気が抜《ぬ》けない状況《じょうきょう》でいるに違《ちが》いない恒の負担になってはいけないと、自分から連絡《れんらく》するのは控えていた。よもや、恒の方からかけてきてくれようとは期待しておらず、嬉《うれ》しい驚《おどろ》きだ。

矩篤はその場で保留にされていた電話に出た。

「もしもし、恒？　待たせて悪かったな」

『矩篤』

恒の発した第一声には、矩篤の声を聞いた安堵《あんど》と同時に、なんとも複雑で当惑《とうわく》したような、心許《こころもと》なげな響《ひび》きが感じ取れた。

「何かあったのか?」

外から携帯《けいたい》でかけてきているのだとわかり、矩篤は眉《まゆ》を寄せた。

そもそも、十一時過ぎなどという遅《おそ》い時間にかけてきたこと自体、これまでめったになかったことだ。矩篤の胸に、にわかに心配が込《こ》み上げる。

まさか、ラウルと何かあったのではないか。ついそっちの方向に思考が行ってしまう。

常識ではあり得ないと承知していても、矩篤は昨晩からずっと不安を払拭《ふっしょく》できずにいた。金髪碧眼《きんぱつへきがん》のスマートな貴公子は、恒に並々ならぬ関心を寄せ、できることならもっと個人的に親しくなりたいと考えているらしいことが、一度顔を合わせただけで矩篤には察せられたのだ。単なる自分の勘違《かんちが》いなら問題ないし、変なふうに疑って皇太子に申し訳ないと思う。しかし、どうもそうではない気がして、このことを考え始めるとたちまち心が落ち着かなくなる。

「今、まだ外なんだろう?」

重ねて聞くと、恒は矩篤によけいな気を遣《つか》わせまいとしてか、先ほどより声のトーンを明るくする。

『これから帰宅するところなんだ。今、地下鉄の駅。帰ってからだと、何やかやで午前過ぎるかもしれないと思って』

「連日こんな遅くまで仕事か。大変だな。体には気をつけろよ」

矩篤は精一杯《せいいっぱい》の労《いたわ》りを込め、言った。いろいろ言葉で表すのは、どうも気恥《きは》ずかしくて苦手だ。一言一言が短く、無愛想な印象になってしまう。

『うん、ありがとう。今日はちょっとごたついて大変だったんだ。矩篤、もしかして蠟燭《ろうそく》能実行委員会の方からまだ聞いてない？』

「なんのことだ？」

明日の演能に臨《のぞ》むにあたっての最終確認《かくにん》で、矩篤自身今日一日慌《あわ》ただしくしていた。作り物の出来を確認しに出かけたり、申し合わせでワキ方と打ち合わせた謡《うた》い方や型、位取りなどを一つ一つさらいながら稽古《けいこ》したりしていて、実行委員会の面々とは何も話していなかった。

恒に聞き返しながら、矩篤は、もしかしてという予感を抱《いだ》いた。

『実は殿下《でんか》の予定が急遽変更《きゅうきょへんこう》になって、明日、京都に行くことになったよ』

案の定、恒は矩篤が頭に描《えが》いた通りのことを言う。

昨晩のラウルの並ならぬ関心の持ちようからして、京都まで行って蠟燭能を観《み》たいと言い出すのではないかと、薄々《うすうす》思っていた。話をしてみたところ、ラウルは能や歌舞伎《かぶき》といった日本の古典芸能にとても興味があるようだった。その上、何事もあらかじめ決められた通りに行動しなければならない身分に、反発心を感じているのが言葉の端々《はしばし》にちらついていた。いくら今回の訪日がほぼプライベートなのだとしても、普通《ふつう》の人々のように自由に動けるわけではない。ラウルはいい加減それに嫌気《いやけ》がさしているように見受けられた。だから、周囲を天手古舞《てんてこま》いさせるのを承知で、突拍子《とっぴょうし》もないことを言い出す可能性はあるなと、矩篤は推察していたのだ。

『今朝いきなり殿下に、変更したいので手配してほしいと頼まれたんだ』

もう関係各所は蜂《はち》の巣《す》を突《つつ》いた騒《さわ》ぎだよ、と恒は疲《つか》れた声で言う。唇《くちびる》を尖《とが》らせた顔が浮《う》かび、矩篤は今すぐにでも恒と会って、すまなかった、と謝り、労りたい気持ちに駆《か》られた。

この唐突《とうとつ》な成り行きの一端《いったん》には、矩篤の意図も少しは関係しているに違いない。

ラウルが恒に意味ありげな態度と言葉で接するのを目にして、矩篤はひどく気を揉《も》んだ。このまま恒をラウルのすぐ傍《そば》に残し、自分は京都に行かなければならないことが、とても危なく思えたのだ。根拠《こんきょ》も何もないばかげた妄想《もうそう》だったかもしれないが、矩篤は平静でいられなかった。確率的にほぼあり得ないと承知の上で、ラウルに「機会があればぜひ」と蠟燭能鑑賞《かんしょう》を勧《すす》めたのも、万に一つでもラウルがその気になってくれれば、恒も必ず同行するだろうから、京都に行っている間も手の届くところで見守っていられると踏《ふ》んだからだ。

まさにそれが的中した。一か八かの賭《かけ》に勝った気分だ。

嬉しさや安堵と同時に、おかげで恒たちを夜遅くまで奔走《ほんそう》させ、調整作業に追われさせてしまったという申し訳なさも感じる。

そんな矩篤の胸中に気づいた様子もなく、恒は続けてほっと息をつく。

『でも、なんとか全《すべ》て手筈《てはず》が整ってよかったよ。図《はか》らずも、無理だと諦《あきら》めていた矩篤の舞台《ぶたい》を観られることにもなったし。そこだけは殿下の気まぐれに感謝したい気分なんだ』

「驚いたな。まさか本当に京都までお出《い》でくださるとは思わなかった。きっと他《ほか》の出演者もいきなりの賓客《ひんきゃく》に恐縮《きょうしゅく》するだろう。殿下はもちろんだが、私は特に、きみに観てもらえることが嬉しいよ」

『昨晩矩篤と話して、あの場でほとんどその気になっていらしたみたいだ。さっき、殿下に手配がついた報告と、明日の段取りの説明をしてきたとこなんだ。そのとき、そんなふうにおっしゃってた。とてもご機嫌《きげん》なご様子だったよ』

「そうか」

矩篤は、滞在《たいざい》期間中だけとはいえ、恒を望むように傍に置いていられるラウルに一抹《いちまつ》の嫉妬《しっと》を感じながら、そんなことはおくびにも出さずに相槌《あいづち》だけ打った。

『明日は何時頃《ごろ》京都入りする予定?』

「一時過ぎだな。そっちはもっと早いのか?」

『早いよ。十時には市内に着いて、午後五時までめいっぱい観光だ。それからお召《め》し替《か》えされて、六時半から蠟燭能。翌日はまた朝の九時から午後二時過ぎまで名所巡《めぐ》りをして、夕方東京に戻《もど》る予定になっている』

「ハードスケジュールだな」

矩篤は細身で体力もそうある方ではない恒を慮《おもんぱか》る。

「今夜は早く寝《ね》ろよ」

『そうする。……明日いきなり会場で顔を合わせるのもなんだったから、いちおう電話してみたんだ』

「……ああ」

恒にしてみれば、特別深い意味はなくかけてきたのだろうが、矩篤は舞台に立つ前に恒と話ができて嬉《うれ》しかった。ほんわり胸が温まる。

そろそろ自分の気持ちに正直になるべきなのかもしれない。

矩篤は恒の横にラウルの姿を思い描くだけで、かつて感じたことのなかった焦燥《しょうそう》を覚える自分を、少々持て余し気味だった。曲目を演じているときには俗世《ぞくせ》から切り離《はな》された状態を保ち、舞台に集中していられるが、そうでないときには情けないほど落ち着けないでいる。

知り合ってから十七年、矩篤はただ手をこまねいて恒を遠くから見ているだけだった。

それでいいと自分に言い聞かせ続けてきたのだが、積極的に恒を手に入れたがっている相手の存在を目の当《ま》たりにした途端《とたん》、矩篤はそれが欺瞞《ぎまん》だったことを痛感した。

本音は違う。見ているだけではやはり満足できない。

恒が好きなのだ。口説き落として自分のものにしたいと考えるのは自然なことだ。やせ我慢《がまん》して道徳的なふりをする方がよほどみっともない気がしてきた。

そのとき、受話器越《ご》しにアナウンスが流れ始め、ゴウゴウと地下鉄が入線してくる音が聞こえてきた。

「気をつけて帰れよ。それから、明日、会えたら楽屋で会おう」

『電車が来た』

『わかった。おやすみ、矩篤』

おやすみと別れ際《ぎわ》の挨拶《あいさつ》をしながらも、なんだか恒は、他にまだ言いたいことがあるように、今ひとつ歯切れがよくなかった。声の調子がすっきりしない。スケジュール変更以外にも何か問題が起きたのだろうか。気になって「どうした?」と聞こうとした矢先、矩篤より先に恒が再び口を開く。

『それじゃあ!』

結局、そこで電話は切れた。

矩篤は耳から外した受話器を見下ろし、いざとなるとなかなか思う通りに動けない自分の腑《ふ》甲斐《がい》なさに、ひっそり溜息《ためいき》をつく。

それでもまだ、恒の最後の一言が、気を取り直して潑剌《はつらつ》としたものになっていたことが、矩篤の気持ちを軽くした。

Ⅳ

ラウル皇太子一行は、午前七時半の新幹線で京都に向かった。到着《とうちゃく》予定は十時少し前だ。今回、急だったにもかかわらず、禁煙《きんえん》のグリーン車両半分を特別に借り切ることができた。

SPらに厳重に警護されたラウルが乗車すると、新幹線はすぐに発車した。

映画スター並《な》みの容姿をしたラウルと、彼を取り囲む目つき鋭《するど》い黒服の男たちは、ほんの短い移動の間も居合わせた人々の注目の的で、無事乗り込んでいただいてシートに落ち着いてもらったときには、恒は心底ホッとした。

「一度日本の新幹線に乗ってみたかったんだ」

朝早くからの移動にもかかわらず、ラウルはたいそう上機嫌《じょうきげん》だ。にっこり笑って嬉しげにされると、昨日どれほど苦労させられたかも忘れ、報《むく》われた気持ちになる。ラウルの醸《かも》し出す高貴で冒《おか》しがたい雰囲気《ふんいき》に、恒は脱帽《だつぼう》せざるを得ない。

グリーン車両に乗り込んだのは、恒と秋保、側近のジェンス、そして侍従《じじゅう》長の四名だけで、後のスタッフは一つ前の一般《いっぱん》車両にいる。SPたちは出入り口付近に席を占《し》め、絶えず周囲に目を配って不審《ふしん》者を立ち入らせないようにしているはずだ。借り切りにした前半分は、五名が座ったシートを除き空席にされている。一般客《いっぱんきゃく》には駅員が事情を説明し、後ろ半分に固まってもらった。それでも早朝便とあってか満席ではない。借り切りにした前方への立ち入りは禁止とされ、出入りは全て後方からに限られていた。中には、どんなＶＩＰが同乗しているか知らない客もいるだろう。

二時間半の旅は快適で、特に問題もなく京都に到着した。

「素晴《すば》らしいね。まさしく予定時刻ぴったりにホームに滑《すべ》り込んだ」

さすがは世界に誇《ほこ》る日本の鉄道、とラウルは感心していた。

駅からすぐに迎《むか》えのリムジンに乗り、さっそく最初の見学先である金閣寺《きんかくじ》へと向かう。ラウルの希望で、今日は寺を中心に巡《めぐ》ることになっている。金閣寺の後昼食を挟《はさ》み、等持院《とうじいん》、仁和寺《にんなじ》、龍安寺《りょうあんじ》と訪れる。いずれも一般の観光客の入場を、そのときだけ制限してもらうことになっていた。

龍安寺で、落縁《おちえん》に座って静かに石庭を眺《なが》めるラウルの傍《そば》をそっと離れた恒は、方丈《ほうじょう》内部の礼の間で襖絵《ふすまえ》を見ている秋保に近づいていった。

秋保も気がつき、顔を上げる。

「昨日はどうもありがとう。おかげで助かったよ」

恒の言葉に、秋保はなんのことだと言いたげに首を傾《かし》げた。

「深澤さん一人に殿下《でんか》をお任せして、予定通り行動してもらったこと」

重ねて言うと、秋保はようやくあぁと納得《なつとく》して訝《いぶか》しそうに眇《すが》めていた目を普通《ふつう》に開く。思ったほど秋保は大変だったとは感じていなかったようだ。

「べつに、なんということはなかったよ」

どうやらラウルともそれなりに嚙《か》み合わせていけたらしい。

確かに、昨晩遅《おそ》くホテルの部屋で会ったとき、ラウルはちらりとも苦言を呈《てい》さなかった。苛《いら》立《だ》ちもしていなければ、不満そうな顔もしていなかった。お互《たが》い相手の性格をわかった上で、気持ち的に譲《ゆず》り合って接しられるようになったのかもしれない。それならよかった、と恒は肩《かた》の力が抜《ぬ》けた。いざとなると遠慮《えんりよ》も会釈《えしやく》もなくずばりと思ったことを口にするラウルに、秋保が傷ついたり不快になったりしていなければいい、と心配していたのだ。

同行してみて具体的にどんなふうだったのかは、秋保もいちいち恒に説明する気はなさそうで、口を噤《つぐ》んだままだった。

恒は秋保の横顔を見ているうちに、ふと、ラウルが言っていた視力のことを思い出した。

「目は相当悪いの？」

いささか唐突《とうとつ》すぎたのか、秋保が奇妙《きみよう》な顔をする。

「……なぜ？」

「あ、……いや」

恒は気まずくなって、横髪《よこがみ》を掻《か》き上げつつ返答に窮《きゆう》した。

りと答えた。

「それなりに悪いよ」

てっきり流してしまうかと思いきや、秋保は隠《かく》し立てする気などさらさらなさそうに、さら

「恒、秋保」

ジェンスを伴《ともな》ったラウルが、二人の傍に歩み寄ってくる。

「そろそろ旅館に入る頃合《ころあ》いか？」

「はい、その通りです」

もう少ししたらラウルに「お時間です」と言いに行くつもりだった恒は、すぐ答えた。

プライベートで観光地を巡るのにふさわしく、シャツにコットンパンツというラフな出で立ちのラウルは、いったん今夜の宿泊《しゅくはく》先である老舗《しにせ》旅館に寄って、スーツに着替《きが》えることになっている。そして六時半から始まる蠟燭《ろうそく》能を鑑賞《かんしょう》した後、部屋で遅めの夕食をとる予定だ。『井筒』はおよそ二時間の曲目なので、九時頃からになるだろう。

ラウルが協力的に動いてくれるため、今のところスケジュールに乱れはなかった。

さすがのラウルも、これ以上のわがままは自重しようと心がけているらしい。分別のある態度や真面目《まじめ》な眼差《まなざ》しから伝わってくる。

宿は京都市役所傍の老舗旅館を取った。およそ三百年前になる宝永年間創業の、由緒《ゆいしょ》ある旅館だ。

路地に面した狭《せま》い入り口を潜《くぐ》り、屋根のない小さな中庭のような場所にいったん出たかと思うと、左手に慎《つつ》ましやかな民家の玄関《げんかん》のごとき沓脱《くつぬぎ》が現れる。

ラウルは建物の外観を目にしたときから期待通りの宿だと満足していたらしい。ロビーで女将《おかみ》に丁重に出迎《でむか》えられ、満面の笑《え》みで「どうもお世話になります」と挨拶《あいさつ》した。ドイツ語だったので、秋保が訳して女将に伝えた。

部屋はスイートルームで、和室の本間の横に四畳半《よじょうはん》程度の広さのベッドルームがあった。シングルサイズのベッドが二台並んでいる。中庭に面した壁《かべ》に、上部を和紙で透《す》かした地窓《じまど》がある。以前は和室だったのを改装した際に残したものらしく、風情《ふぜい》のある造りになっていた。

本間の座卓《ざたく》で女将が手ずから点《た》ててくれたお薄《うす》とわらび餅《もち》を、ラウルの勧《すす》めで恒と秋保もいただくことになった。ジェンスは襖を隔《へだ》てた次の間に控《ひか》えている。寡黙《かもく》で常に厳《いか》めしい顔をしたラウルの側近とは、まだまともに口を利《き》いたこともない。ラウルと交《か》わす会話は恒にはまったく理解できないエルシア語だ。皇太子の側近を務めるくらいなので英語は当然喋《しゃべ》れるのではないかと思うのだが、聞いてないため定かではなかった。

「龍安寺の庭はいろいろな見方ができて興味深いね」

ラウルは満悦した顔をして、口も滑《なめ》らかだ。

「黄金分割、七五三の石組み、パースペクティブ、それから虎《とら》の子渡《わた》しだったかな。いくつか面白《おもしろ》い説を読んでいたので、ぜひじっくりとこの目で本物を見てみたいと思っていた。あの庭に十分な時間を割《さ》いてもらって嬉《うれ》しかったよ」

黄金分割については恒もちらりと耳にした記憶《きおく》がある。しかし、恥《は》ずかしながら、ラウルが挙げたその他《ほか》の事はさっぱりだ。うまい具合に相槌《あいづち》が打てず、なんだか面目《めんぼく》なかった。急に予定が変わったから下調べが間に合わなかったとはいえ、それを言い訳にするのもみっともなくて嫌《いや》だ。隣《となり》に静かに正座している秋保は相変わらず無表情で、知っているのか知らないのか恒にはどちらとも判じがたい。たとえ知っていたとしても、秋保は恒からはっきり話を振《ふ》らない限り、口を開くことはなさそうだ。

「あの庭はやはり、五箇所《かしょ》に固まっている十五の石が同心円状に配置される中心点に腰《こし》を下ろして眺《なが》めると、まさに大海原《おおうなばら》に浮《う》いた島を表しているように見えたよ。こう、白砂から石が浮き上がっているような感じにね」

「すみません、不勉強で。虎の子渡しというのはなんでしょう?」

ずっと曖昧《あいまい》な相槌ばかり打っているのも失礼かと思い、恒は潔《いさぎよ》く聞いてみた。

ラウルは青い瞳《ひとみ》に面白そうな色合いを湛《たた》えさせ、答える前に恒から秋保へと視線を移す。

「きみは知っているのか、秋保?」

「中国の故事の内容ならば知っています」

秋保はたじろぎもせず返す。

それを聞いてラウルは何事か考えついたらしく、フフと楽しげに含《ふく》み笑いした。

「恒、一つ問題を出そう。簡単な問題だ。秋保は答えを知っているようだから、ロビーで待っていたまえ。恒も正解したらすぐ行かせる」

ラウルの突拍子《とっぴょうし》もない思いつきに、恒はギクリと身を硬《かた》くする。

「な、なんでしょうか……？」

「虎の子渡しの故事にちなんだ問題だよ」

恒は困惑《こんわく》したまま救いを求めるように秋保を見たが、秋保は気づかなかった様子で、ラウルに向かって一礼すると、すくっと立ち上がった。

「それでは私は失礼します」

「ご苦労様。またすぐ後で会おう」

ラウルはそう言って秋保を下がらせた。

部屋に二人きりになる。

恒はにわかに緊張《きんちょう》してきた。ホテルで、挨拶だと言いつつしゃあしゃあとキスされた一件が、頭を過《よぎ》る。もしかしてまた同じ展開になるのではと思うと、警戒《けいかい》心を捨てきれない。

「そんなに構えることはないだろうに」

恒が体を強張《こわば》らせているのを見て取《と》ったらしいラウルは、おかしそうに冷やかした。

「僕は何もきみを捕って食いやしないよ」

揶揄《やゆ》されたのに内心ムッとして、恒は気を取り直す。

「……あの。問題をおっしゃっていただけますか？」

どうせ答えるまでは解放してもらえないのだろう。だとすればさっさと済ませるまでだ。

すでに浴槽《よくそう》には湯が張られている。先ほど女将がそう言い置いていった。入浴して汗《あせ》を流して着替えをするとなると、もうそれほど時間に余裕《よゆう》がない。スケジュールを狂《くる》わせないためにも、恒は焦《あせ》っていた。ラウルの言動はときどき周囲の予測を裏切るので、スタッフは気が気ではない。

恒が早くこの場を切り抜《ぬ》けたがっているのは、ラウルにも伝わったようだ。

「たぶん、小学生にもわかる問題だ。そんなに急いで聞きたがらなくても、すぐに答えて秋保のところに行けるだろう」

ラウルはいささか皮肉っぽく前置きし、簡潔に説明し始めた。

「川岸に母虎と三匹《びき》の子虎がいる。子虎は泳げない。母虎は背中に一匹ずつ背負い、向こう岸まで三匹全《すべ》てを運ばなければならない」

「はい」

恒は神妙《しんみょう》に頷《うなず》く。

「ところが、中国では古来、虎が三匹子供を生むと、そのうちの一匹は悪虎になると言われている。悪虎は他の子虎を食い千切ってしまうんだ。母虎は悪虎をもう一匹の子虎と二匹だけにするわけにはいかない。この場合、母虎はどんな順序で三匹を運んだら無事みんな川を渡らせることができるだろう？」

どうやらこれが問題らしい。

恒は細い眉《まゆ》を寄せた。こういった類《たぐい》の謎《なぞ》かけはよくある。確かにさして難しくはなかった。

「待ってください……あぁ、そうだ、わかりました」

頭の中でざっと母虎に子虎を運ぶシミュレーションをさせてみて、恒はすぐどうすればいいのか考えついた。

「最初に悪虎を背負って渡り、対岸に下ろして引き返します。次に子虎の片方を背負っていって、対岸に着いたらその子を下ろし、代わりに悪虎を背負って引き返す。岸に戻《もど》ったら悪虎を下ろし、代わりに残しておいた子虎を背負って再び対岸へ。対岸に子虎を二匹渡し終えたところで、最後にもう一度引き返し、残していった悪虎を背負って行けば、無事に三匹全員渡せます。どうですか？」

「その通り」

ラウルが小気味よさそうに片目を瞑《つぶ》り、恒を褒《ほ》める。

うまく答えられたことに、恒は取りあえずホッとした。ちょっとした謎かけでも、たまに頭が混乱して考えが纏《まと》まらなくなり、嵌《はま》ってしまうことがある。

「でも、この故事とあの庭にどんな関連性があるのか、恥《は》ずかしながらわたしにはよくわかりません」

恒が正直に打ち明けると、ラウルは口元を緩《ゆる》めて笑う。

「虎の子渡しは、江戸《えど》時代の大名茶人小堀遠州《こぼりえんしゅう》が作った庭の一つ、南禅寺《なんぜんじ》庭園に見られる枯山水《かれさんすい》庭園の典型的な作庭方式で、白砂と石に、子虎を背負って河を渡る母虎の姿を見立てたものらしい」

なるほど、言われてみれば龍安寺の石庭も、そんなふうにも受け取れる。

「いろいろな説があって、それは違うと否定的な意見を述べている人もいるようだが」

ラウルは冷静に言い添《そ》えた。

「本当にいろいろお詳《くわ》しいんですね」

恒が心底感嘆《かんたん》すると、ラウルはニヤリと得意げな顔をした。それまでずっと窮屈《きゅうくつ》そうに曲げていた足を崩《くず》し、片膝《かたひざ》を立ててその上に腕《うで》を載《の》せ、悠然《ゆうぜん》と寛《くつろ》ぐ。

「僕を見直した？」

「見直すだなんて……そんな、畏《おそ》れ多いこと……」

「なら、こう聞こうか。少しは僕に惚《ほ》れた？」

まんざら冗談《じょうだん》でもなさそうに、ラウルはじっと恒の目を見据《みす》えてくる。

どう返事をすればいいのか迷い、恒は言葉に詰《つ》まった。

ラウルはそこにさらに畳《たた》みかける。

「僕はきみが好きだよ、恒」

「殿下《でんか》……っ！」

あまりにも易々《やすやす》と率直《そっちょく》な科白《せりふ》を吐《は》くラウルに、恒は目を大きく瞠《みは》るのがやっとだ。

「また殿下と言ったな」

狼狽《うろた》え、まともな思考ができなくなっている恒を、ラウルは軽く睨《にら》む。

「二人だけのときはラウルと呼ぶように何度言えばわかるんだろうな、きみは。困った人だ。だがまぁ、そういうところも可愛《かわい》いんだが」

可愛い——たかだか二歳ほどとはいえ、年下の男から思いもよらぬ見方をされていると知り、恒はあり得ないと否定した。

「わたしをそんなふうにおっしゃるのは、ラウル、あなただけです」

「そう。それは好都合だ」

ラウルはいっこうに動じない。

自分だけがどんどん追いつめられていくのを感じ、恒はますます動顛《どうてん》した。

落ち着け、落ち着け、と必死に言い聞かせる。

今はこんなふざけた話をしている場合ではないはずだ。

「とにかく、どうぞ、お召《め》し替《か》えを」

恒はやっと気を取り直すと、これ以上は当惑《とうわく》させられないし、譲《ゆず》らない、という強い決意を声に含《ふく》ませ、言った。

「もうあまりお時間がありません」

「わかっているよ」

もっと食い下がってくるかと思いきや、ラウルは拍子《ひょうし》抜けするほど簡単に引き下がった。

恒は肩透《かたす》かしを喰《く》らわされた気分だ。

もしかすると、またからかわれただけだったのだろうか。戯《ざ》れ言《ごと》を本気にして慌《あわ》てるところを見て笑いたかっただけなのか。

ラウルの澄《す》ました表情を見ていると、最初からこういうオチだったとも考えられた。

悔《くや》しさを感じるのと同時に、一方では面倒《めんどう》なことにならなくてよかったと胸を撫《な》で下ろしもする。もともと、こういう駆《か》け引きめいた遣《や》り取りには免疫《めんえき》がない。国賓《こくひん》という立場を利用して職務上逆らえない者を弄《もてあそ》ぶのは、ラウルもいかんせん質《たち》が悪すぎる。それでも、あの告白は本気だったと言われると、事態はもっとややこしくなり心労が増えるばかりなので、まだましなのかもしれなかった。

「あまりしつこくしては嫌《きら》われるからね」

ラウルは肩を竦《すく》め、座椅子《ざいす》を外して立ち上がる。

恒も一緒《いっしょ》に立って座卓《ざたく》を離《はな》れた。

「浴室はこちらです」

このまま、それではと踵《きびす》を返すのも今ひとつ後味が悪かったので、恒は先に立ってラウルを浴室に案内した。

檜風呂《ひのきぶろ》が据《す》えられた清潔感いっぱいの浴室にも、中庭が望める地窓《じまど》があった。照明も壁《かべ》の低い位置に取り付けられており、落ち着いた雰囲気《ふんいき》を醸《かも》し出している。一日の疲《つか》れを取るのにうってつけだろうと思われる。

「きみが背中を流してくれたら言うことなしなんだが、そうもいかないよね」

「はい。申し訳ありません」

今度は恒もたじろがず、さらりと受けとめ、かわした。

「これからわたしはスタッフとの打ち合わせがあります」

それに、秋保をロビーで待たせている。

「いいよ、約束だ。行きたまえ」

ラウルも常に引き際《ぎわ》は心得ている。いつまでもぐだぐだと無理難題を吹《ふ》っかけてくるわけではない。これだから恒も、ラウルを嫌いにはなれないのだ。

「それでは、六時ちょうどにまたお迎《むか》えに上がります」

「ああ」

さっそく脱衣《だつい》所でばさっとシャツを脱《ぬ》ぎ、鍛《きた》え抜かれた見事な胸板《むないた》を晒《さら》すラウルに、恒は最後の最後でまたギョッとさせられた。

わざと見せびらかされているかのようだ。

「し、失礼致《いた》します……っ」

声が上擦《うわず》る。

恒は逃《に》げ出すようにその場を後にした。

見てはいけないものを見た気分だ。同じ男の体に何をそう狼狽えているのだと呆《あき》れるが、胸の動悸《どうき》は治まらない。

ロビーの片隅《かたすみ》にひっそりと立ち、恒を待っていた秋保に歩み寄っていったときも、苦しいくらいに心臓が鼓動《こどう》を速めていた。

「ごめん。待たせた」

「……いいえ、べつに」

秋保の返事には微妙《びみょう》なずれがあった。

それだけで恒は、秋保に内心の動揺《どうよう》を読まれ、変に思われたのではないかと不安になり、心《こ》地《ち》悪くて仕方なくなった。

＊

京都御所《ごしょ》の西向かいについ数年前開館した観宝能楽堂は、室町《むろまち》時代から続く能舞《のうぶ》台《たい》を設備の整った会館内にそのまま移築したものだ。

蠟燭能が行われるこの日、場内の四百二十の座席は全て埋まり、補助席までいくつか用意されるほどの盛況《せいきよう》ぶりである。

今をときめく若手能楽師である櫻庭矩篤がシテ、実力派として定評のある中堅《ちゆうけん》どころ福生一《ふくおかず》弥《や》がワキ、そしてテレビや舞台でも俳優として活躍《かつやく》している矩篤と年頃《としごろ》も近い人気狂言師《きようげんし》、光《みつ》井保尚《いやすひさ》がアイを務めるという配役の贅沢《ぜいたく》さからか、若い女性客の姿もずいぶん見られた。

開演五分前、ラウルが場内中央最前列のセンターシートに着くと、ギリギリまで何も知らされていなかった場内の観客の間に、どよめきと拍手《はくしゆ》が起きた。

通常では考えられない警備の厳重さから、誰《だれ》かＶＩＰがお忍《しの》びで来ているらしいとの噂《うわさ》は囁《ささや》きかわされていたようだが、よもや来日中のラウル皇太子とは誰も予想しなかったようだ。

場内はしばらくざわざわとして落ち着かない雰囲気に包まれていたが、揚幕《あげまく》の奥から笛や太《たい》鼓《こ》、小鼓《こつづみ》などが奏《かな》でる短いお調べが聞こえてくると、観客の意識も舞台へと向いていく。

無人、無物の状態の舞台の奥から響《ひび》くこの音が、すなわち開演の合図である。

揚幕を片方だけ上げ、人一人が通れるようにされたところから、笛方を先頭に囃子方《はやしかた》が次々と橋掛《はしがか》りの端《はし》を通って進んでくる。彼らが所定の場所に着くと、続いて今度は右手奥にある切《きり》戸口《どぐち》と呼ばれるところから地謡方《じうたいかた》が八名、次々と入ってきた。

その後、照明が徐々《じよじよ》に落とされていくのと同時に、橋掛りから舞台の周囲に至るまで、二人の後見がずらりと並べられた特製の蠟燭に一つずつ火を入れて回る演出が始まると、場内はいよいよ厳粛《げんしゅく》な空気に取り巻かれていった。

全ての蠟燭に炎《ほのお》が揺《ゆ》れ、幽玄《ゆうげん》を帯びた舞台が浮《う》かび上がる。

恒は隣《となり》に座るラウルの横顔を控《ひか》えめに窺《うかが》った。

瞬《まばた》きもせずに一部始終を見ているようだ。白い横顔は真剣《しんけん》だった。

続いて、舞台正面手前に作り物が据えられる。『井筒』の場合の作り物は、正先《しょうさき》に薄《すすき》をあしらった井筒《いづつ》の台だ。能の舞台には幕がない。ほとんどの演劇では幕の裏側で整えられる舞台装置の準備が、能においてはことごとく観客の目前で行われる。

次第《しだい》の囃子で揚幕が上がり、着流し姿の僧《そう》が登場してきた。ワキの旅僧である。

旅僧が業平の旧跡《きゅうせき》の井戸《いど》の前で昔をしのんでいると、再び静かに揚幕が開き、赤色を織り込んだ唐織《からおり》着流しに、若女《わかおんな》の面をつけた女が現れる。

前シテの里女を演じる矩篤だ。

観客席のあちこちから、ほうっと感嘆《かんたん》の溜息《ためいき》が発せられた。

恒も、そして、ラウルも例に漏《も》れない。ラウルの反対隣にいる秋保のことまでは恒にはわからなかったが、おそらく秋保も気持ちの上では皆《みな》と同じに感心したのではないかと思う。

どこからどう見ても、矩篤は美しく若い女性だった。

歌舞伎《かぶき》のようにシナを作るわけではなく、ゆっくり、ゆっくりとした動きの中で醸《かも》し出される女性特有の色気に、恒は吞《の》まれた。

これが本当にあの、上背があって骨格もがっちりとした矩篤なのか、と信じがたいほど、舞台に立っているのは完璧《かんぺき》で妖《あや》しげな女である。白い面が表情豊かな本物の顔に見える。

久しぶり過ぎて、恒はすっかり舞台での矩篤を忘れていたようだ。

先月、櫻庭邸《てい》に祖母の使いで中啓《ちゅうけい》を届けに行ったときも、舞《まい》の稽古《けいこ》をしている矩篤を見て感心したのだが、装束《しょうぞく》と面を着けて実際の舞台に立った姿は稽古場でのそれとは比《ひ》較《かく》にならないほど艶《つや》やかだ。やはり印象が違《ちが》う。

伊勢《いせ》物語に題材を得た『井筒』のストーリーは単純だ。

謎《なぞ》めいた里女が曰《いわ》くありげに業平の墓に花を手向《たむ》ける様子を見た旅僧は、不審《ふしん》を覚えて何者かと問い質《ただ》す。しかし、女性は名乗ろうとしない。荒《あ》れ果てた庭先で昔を懐《なつ》かしむ言葉を交《か》わすうち、女性は問わず語りに業平の昔話をし始める。あたかも自分自身のことであるかのようにだ。いよいよ怪《あや》しんだ旅僧が重ねて聞くと、ついに女性はその昔業平の恋人《こいびと》だった「井筒の女」だと名乗り、途端《とたん》に井戸の陰《かげ》に吸い込まれるように消えてしまう。

ここまでのくだりが前半で、シテが揚幕の向こうに入ると、代わってアイが登場する。アイとは前半と後半の場繋《ばつな》ぎと説明をする役で、これを間狂言《あいきょうげん》という。『井筒』におけるアイは里の住人で、業平の経歴に詳《くわ》しく、先ほどシテの里女が語った話を、さらに嚙《か》み砕《くだ》いてわかりやすくワキの旅僧に言い聞かせる。

アイが退場すると、今度は後《のち》シテの登場だ。後シテも今回、矩篤が演じる。

後シテは業平の恋人、紀有常の女《むすめ》だが、出で立ちは女とも男ともつかぬ尋常《じんじょう》でないものだ。うつらうつらしていた旅僧は夢かと思う。このあたりの夢落ちに繋げる演出は、能の曲目では頻繁《ひんぱん》に使われる、いわば定番の話運びになっている。

男かと思えば女、女かと思えば男という不思議な存在は、「今は亡《な》き世に業平の形見の直衣《のうし》、身にふれて」と舞《ま》い始める。

ここが、稽古中の矩篤が舞っているのを、たまたま恒が見た場面だ。

舞いながら、月光の下、井戸の水を鏡として自らの姿を映し見た途端、女の霊《れい》は我を忘れて業平の面影《おもかげ》を追慕《ついぼ》する。

そうこうするうち、明けを知らせる鐘《かね》の音が鳴って、気がつくと不思議な存在は姿をかき消しており、旅僧は夢から醒《さ》める、という筋だ。

盛大な拍手《はくしゅ》でもって舞台《ぶたい》は終了《しゅうりょう》した。

一般客《いっぱんきゃく》に先立って観客席を後にするラウルにも、再び拍手が送られた。

「楽屋で矩篤にぜひ会いたいな」

恒が予測した通り、ラウルは言い出した。

たぶんそうなるのではないかと踏《ふ》まえて、関係者にはあらかじめ話を通してある。

ラウルは舞台に非常に感激したようだ。

楽屋を訪れ、能面を外しただけで装束はそのままの矩篤と顔を合わせた途端、ドイツ語で素《す》晴《ば》らしかったと勢いよく喋《しゃべ》り出す。

少々興奮気味なのか、早口でいっきに話すので、矩篤はもとより恒までも、秋保の通訳を待たなくてはラウルがなんと言ったか全くわからなかった。

「外務省を困らせるようなわがままを通してでも、わざわざ京都まで見に来た甲斐《かい》があった、とおっしゃっています」

秋保が淡々《たんたん》とラウルの言葉を日本語に訳し、矩篤に伝える。

「どうも、ありがとうございます、殿下《でんか》」

ラウルに手放しで褒《ほ》められて、さすがの矩篤も面映《おもは》ゆそうだ。心の底から光栄だと感じているようなのが恒にもわかる。

恒自身、矩篤に「おめでとう」「素晴らしかった、感動した」などと忌憚《きたん》のない感想を述べたかったのだが、ラウルの手前そうもいかず、静かに脇《わき》に佇《たたず》んで二人の遣《や》り取りを見守るだけだった。

せめて、目が合えば微笑《ほほえ》もうと思っているのだが、矩篤の視線はずっとラウルに向けられていて、話をしている最中《さなか》どこかに逸《そ》らされることはなさそうだ。

「これから出演者の方々と打ち上げに？」

演能は今夜一日限りと承知しているラウルがついでのようにして聞く。

このあたりになると、ラウルの口調も平常並《な》みに落ち着いてきた。

それまでは無意識にドイツ語を使っていたらしく、ふと気がついて顔を顰《しか》めると、「失礼した」と一言断って、以降は英語に切り替《か》えた。そのため、秋保を介《かい》さず会話が成立し、遣り取りは格段にスムーズになっていた。矩篤も英語なら不自由なく話せるようだ。打ち上げというほどではないにしろ、食事の予定はあるらしく、矩篤は「ええ」と頷《うなず》いた。

「時間も時間ですから、さして長々とではないでしょうが」

「他《ほか》の出演者や、裏方を務めた方々にも、僕がよろしく言っていたと伝えてくれると嬉《うれ》しい」

「それはもう」

光栄です、と矩篤は正座したまま深々と頭を下げる。

結局、楽屋にいる間は、矩篤となかなか視線を交わす機会もなかった。

残念だったが仕方がない。今夜はラウルの付き添《そ》いとして、恒は仕事でこの場に来ている。矩篤も重々それを承知していたからこそ、あえて恒を見ることはなかったし、もちろん話しかけもしなかったのだ。

それではそろそろ、と失礼する段になったとき、ラウルはわざわざ恒に声をかけ、手招いて傍《そば》に来させた。

恒が畏《かしこ》まってラウルの斜《なな》め後ろに近づくと、首だけ回したラウルはやおら恒の耳に顔を寄せ、ぼそぼそとエルシア語で何事か耳打ちした。

「あ、……あの、……殿下」

何を言われたのかさっぱりわからず、恒は焦《あせ》ってしまう。

咄嗟《とっさ》に、英語でお願いします、の一言が出てこなかった。矩篤の目前で恥《はじ》を掻《か》きたくない気持ちが働いたせいもある。何カ国語も堪能《たんのう》に話す秋保と比べられ、なんだとがっかりされるのが嫌《いや》だったのだ。レセプションのとき、矩篤が秋保の美声に感心し、ぜひ今度稽古《けいこ》を見に来てくれと誘《さそ》っていたことが脳裏《のうり》を過《よぎ》り、負けたくないと意地になったのかもしれない。

よくよく考えればばかげた話だ。

秋保は語学専門の職員なのだから、外交官の恒とは自《おの》ずと役目が違う。しかし、頭に血が上って動揺《どうよう》している恒には、そんな当たり前のことも冷静に考えられなかった。

ラウルは続けてまた何か囁《ささや》くと、恒の二の腕《うで》を取り、軽く自分の方に引き寄せた。

「あっ」

畳《たたみ》の上でバランスを崩《くず》し、ラウルの肩《かた》に倒《たお》れ込みかける。

慌《あわ》てて体勢を直したが、狼狽《うろた》えて彷徨《さまよ》わせた視線が矩篤とぶつかった。

矩篤は、はっきり顔には出していなかったが、明らかに不快そうな気持ちでいるのが目の色合いから察せられた。

役者にとって神聖な場所であろう楽屋に特別な計らいで上がらせてやっているのに、まるでいちゃつきでもしているような態度を取るとは許し難《がた》いと怒《おこ》っているかのようだ。

矩篤の冷たい視線に、恒は心臓に氷を押しつけられた心地《ここち》になった。

動揺している場合ではない。

「殿下、申し訳ありませんが……」

恒がラウルから身を退《ひ》いて言いかけたのと、ラウルが「わかったな?」と澄《す》まして英語で確かめてきたのとが重なった。

それまで目を伏《ふ》せがちにして興味なさそうにしていた秋保も顔を上げる。

何かこれから先の予定に変更《へんこう》でもあるのか、と眼差《まなざ》しで問われ、恒はまたもや見栄《みえ》から曖昧《あいまい》な微笑《びしょう》を返して、そんなことではないとごまかすしかなかった。

「さぁ、では失礼しようか」

ラウルは悪戯《いたずら》が成功した子供のように潑剌《はつらつ》としている。

恒は矩篤の表情がきつく強張《こわば》ったままなのが気になって、ラウルを秋保と先に行かせ、矩篤に言い訳したくてたまらなかった。

だが、ラウルは当然のごとく恒を促《うなが》す。

「行くぞ、恒」

すでに二人とも立ち上がり、畳に上がる前に脱《ぬ》いだ靴《くつ》に足を入れていた。

せめてこの場は目と目で分かり合えないかと思ったが、矩篤は明らかな仏頂面《ぶっちょうづら》をしたまま、恒には顔も向けず、座ったまま再びお辞儀《じぎ》をしてラウルを送り出す。

「わざわざ楽屋までお越《こ》しいただき、本当にありがとうございました」

とうてい一人だけ残れる状況《じょうきょう》ではない。また、残ったところでいい結果になるかどうかも恒には自信がなくなってきた。

諦《あきら》めて、矩篤の付き人が掲《あ》げてくれた暖簾《のれん》を潜《くぐ》り、楽屋を出る。

立ち去る前、最後にちらりとだけ矩篤を見ると、矩篤もこちらを見上げていて、いきなり目が合った。まさかここで合うとは予測していなかったため、情けなくも慌てて恒から視線を外してしまった。

なんとも間が悪すぎる。

恒はいったいおれは何をしているんだ、と自分自身に嫌気《いやけ》がさしてきた。

人を振《ふ》り回すだけ振り回しておきながら、ラウルは相変わらず悪びれない。

「さっきのは、これから我々も食事だ、腹が減った、と言っただけだ」

ラウルはしゃあしゃあとして教えてくれた。

すでに恒は精神的に疲《つか》れ切っていて、怒る気にもなれなかった。どうせ怒ったところで、実際にラウルに不満をぶつけられるわけでもないのだ。

「きみも一緒《いっしょ》に食事の席に着き、僕に酒を注《つ》いでくれ、とな」

「そうでしたか」

恒は取り繕《つくろ》う努力もせず、そっけなく返す。

「シャンパンとはおっしゃらないんですね。さすがにもう飽《あ》きられましたか」

ついでにチクリと皮肉まで言い添える。

秋保が驚《おどろ》いたように恒の顔を見るのがわかったが、恒はそれも無視してしまった。べつに秋保に思うところはないのだが、自分が矩篤に変な誤解をされたらしい矢先だったので、軽い嫉《しっ》妬《と》心から秋保にも素直《すなお》になれなかっただけだ。気持ちに余裕《よゆう》がないと、普段《ふだん》より狭量《きょうりょう》になってしまうものらしい。

「べつに飽きてはいない」

ラウルはリムジンの座席にゆったりと足を組んで座り、向かいにいる恒を思わせぶりな流し目で見る。

そして、さらに続けてまたエルシア語で何か言った。

恒の傍《かたわ》らで秋保が気まずげに身動《みじろ》ぐ。なんだかろくでもないことだったようだ。

「秋保、訳してやれ」

ラウルに言われ、秋保は小さく息をついた。ラウルが恒にあからさまな関心を寄せていることについては、すでに秋保も承知済みなのだろう。恒としては、秋保がどう感じているのかも当然気がかりだが、それ以前に、何しろ自分のことで手一杯《ていっぱい》だった。

「……あなたが殿下《でんか》に口移しで飲ませて差しあげれば、喜んでボトルの一本でも空けようとおっしゃっています」

「なっ……！」

聞いた途端《とたん》、恒は耳を塞《ふさ》がなかったことを後悔《こうかい》し、みるみるうちに顔中を上気させていた。

「だ、大胆《だいたん》すぎる……、いえ、悪ふざけが過ぎます」

「このくらい、もう何人にでも言わせてきただろう」

「いいえ、全然」

事実なのだが、ラウルは薄笑《うすわら》いを浮《う》かべただけで、信じた様子もない。

恒はいっそここで車を停《と》めてもらって降りたくなった。

ラウルには尊敬する面もたくさんあるし、本質は優《やさ》しくて思いやり深い、徳の高い人だと信じてもいるのだが、このプレーボーイ的なからかわれようだけは、いい加減勘弁《かんべん》してほしかった。ラウルのような男に本気で口説かれるほどの魅力《みりょく》が自分にあるとは、恒はどうしても信じられないのだ。男同士というのを置いてもだ。遊びなら他を当たってほしかった。もし遊びではなかったとしても、ラウルがその気になるならば、もっといくらでも見合った相手を見つけられるだろう。わざわざ年上の、これまでほとんどもてた経験もない男を口説かなくてもよさそうなものである。

旅館に帰り着くと、すぐにでも食事が運べるように万全《ばんぜん》の手配がされていた。

打ち合わせ通り滞《とどこお》りなくいっていて、恒は安堵《あんど》する。

今晩の予定はこの食事で終わりだ。

明日はまた、午前九時からみっしりと観光スケジュールが組まれている。そして、夕方には東京に戻《もど》ることになっていた。

日頃《ひごろ》から体力に自信のある方ではない恒は、すでにかなり疲れが溜《た》まっていた。ラウルのタフさにはほとほと感心する。秋保も恒に比べるとまだ元気なようだ。体調管理も仕事のうち、と持ち前の完璧《かんぺき》主義ぶりを発揮しているのだろう。見習いたいとは思うのだが、恒の背負っている精神的な負担は大きく、下手をすると押し潰《つぶ》されそうで、そこまで余裕がなかった。

軽くシャワーを浴びたいと言ってラウルが浴室に向かった後、恒は時間を見計らい、女将《おかみ》に食事の支度《したく》を始めてもらうよう頼《たの》んだ。

秋保の携帯《けいたい》に、東京にいる梶原統括《とうかつ》官から連絡《れんらく》が入ったのは、まだラウルが浴室にいる間のことだった。

「なんだって？」

相手が統括官だとわかっていたので、もしかするとまた何かトラブルかと心配になり、恒は秋保に聞いてみた。

「今回の業務とは関《かか》わりないんですが、次に私に任せたい仕事の件で、できれば至急相談したいことがあるそうです」

「至急？」

もしかして今すぐという意味だろうか。恒は心許《こころもと》ない気持ちになった。ラウルと二人きりになるのはできれば避《さ》けたい。

秋保にもそれは察せられていたはずだが、どうやら梶原は、ここは恒一人に任せても十分だと判断したようだ。ラウルが相当恒を気に入っていることは、誰《だれ》の目にも明らかだ。英語で話せば通訳の必要もないわけだから、秋保が先に引き揚《あ》げたところでさして支障はない。

「……大丈夫《だいじょうぶ》でなさそうなら、統括官には明日の朝にしてもらうよう頼みますが」

十分後にまた電話する、と梶原は言っていったん電話を切ったそうだ。

恒は正直迷った。

本音は秋保にいてほしい。

しかし、自分も外交官の端《はし》くれである。子供の使いではあるまいし、一人でラウルの食事に付き合うこともできないとは口が裂《さ》けても言えはしない。恒にもプライドがあった。

「いや、おれは平気だ。問題ない」

恒は心の奥の不安を払《はら》いのけ、できる限り明るい調子で秋保の親切な申し出を断った。

「そうですか」

秋保もあっさりと引き下がる。このあたりのクールさが、秋保の秋保らしいところだ。わかってはいたはずだが、恒は即座《そくざ》に意地を張るのではなかったと後悔し始めた。

だがもう後には退けない。

秋保はそのまま躊躇《ためら》いのない足取りでスイートルームを出て行き、同じ並びに取った恒と二人の部屋に先に引き取っていった。

「恒、今出て行ったのは秋保か？」

ちょうどそのとき入れ違《ちが》いでラウルが浴室から出てきた。

浴衣《ゆかた》姿だ。なかなか似合っている。

ラウルは座椅子《ざいす》に座って胡座《あぐら》を掻《か》くと、脇息《きょうそく》に凭《もた》れて襟《えり》の袷《あわせ》に手を差し入れた。どんなポーズを取っても様になる。

「すみません、深澤は急用ができまして、夕食の席は失礼させていただくことになりました。構いませんでしょうか？」

「ああ、べつに構わない」

ラウルは考えた様子もなく即答《そくとう》する。

「僕はきみさえいてくれたら満足だ」

「……また、そんな……」

返事に困る会話はもうたくさんだと言いたいところだが、それは我慢《がまん》した。

恒を戸惑《とまど》わせておきながら、ラウルは頓着《とんちゃく》せず、やたらと楽しそうだ。

「食事の前に乾杯《かんぱい》しようか」

「いつもの、でよろしいですか？」

「いや、料理に合わせて冷酒を飲みたい」

「畏《かしこ》まりました」

こうなったら腹を括《くく》ってラウルが満足するよう完璧に務めるまでだ。仕事への義務感と誇《ほこ》りが恒に心を決めさせた。

旅館の料理長が腕《うで》によりをかけて創作した京料理の数々が、辛口《からくち》ですっきりとした飲み口の冷酒と共に運ばれてくる。

ラウルは冷酒の味見をすると、にっこり微笑《ほほえ》んだ。口にぴったり合ったらしい。

「きみも飲みたまえ。今夜はもう寝《ね》るだけだろう」

有無《うむ》を言わさぬ調子で勧《すす》められ、恒も断れずに一杯《ぱい》、二杯と重ねていった。

すぐさま顔が火照《ほて》り出す。

弱くはないが、顔に色が出やすい質《たち》だ。おかげで周囲には弱いと思われ、無理に酒を勧められずにすんで助かっている。どうせ飲むなら気の置けない相手と飲み、安心して酔《よ》いたい。今のところ、そんな相手は矩篤だけだった。

矩篤のことを成り行きから頭に浮《う》かべた恒は、せっかく京都まで来たのに、結局ろくに言葉も交《か》わせなかったなと寂《さび》しさで胸がいっぱいになってきた。

「恒。今きみは何を考えている？」

少しぼんやりしかけたところ、向かいに座ったラウルから咎《とが》めるような目つきで見据《みす》えられ、しまったと反省する。また仕事中に意識を他《ほか》に飛ばしてしまった。

「申し訳ありません」

「こっちに来たまえ」

ラウルの言葉には常に、相手に逆らわせないものがそこはかとなく滲《にじ》んでいる。

自分の非を認めて謝罪したばかりだった恒には、とてもではないが無視したり断ったりする勇気はない。

恒は膝立《ひざだ》ちになって畳《たたみ》の上を移動して、ラウルの傍《かたわ》らに侍《はべ》った。

「きみは酒に弱いみたいだな。白い肌《はだ》が桃《もも》みたいに染まってる」

ラウルは体をずらして恒と向き合う体勢になると、恒の顔を見つめ、手にしたガラスの杯《さかずき》をくいっと水でも飲み干すように呷《あお》る。

べつに弱くないとわざわざラウルに教える義理もない。むしろ、弱いと勘違《かんちが》いされた方がいい気がして、恒は黙《だま》っていた。

「……きみは、どうやら僕を信じてくれないみたいだな」

「何を、でしょうか？」

恒は腕を伸《の》ばして氷を詰《つ》めた桶《おけ》で冷やされているガラス製の徳利《とっくり》を手に取った。ラウルが空けたばかりの杯に、しずしずと酒を注《つ》ぐ。

「僕の気持ちだ」

切って捨てるような明快さで、衒《てら》いもせずにラウルが答える。

同時に、桶に徳利を戻《もど》したばかりだった腕を、いきなり無遠慮《ぶえんりよ》に摑《つか》まれた。

「ラ、ラウル……っ？」

「今までずっとわからないふりをしてきたな？　だが、今夜はそうはいかない」

言うなり、強い力で腕を引っ張られる。

「うわっ」

女性ほどしか体重のない恒は易々《やすやす》と引き寄せられ、ラウルの逞《たくま》しい胸板《むないた》にぶつかるようにして抱《だ》き留《と》められた。

「な、何をするんですか！」

「ここまで僕を焦《じ》らした相手はきみが初めてかもしれないぞ」

「あり得ません」

恒は必死で抗《あらが》った。

しかし、ラウルの腕の力は思った以上に強く、逃《のが》れようにも逃れられない。

あっという間に畳に仰向《あおむ》けに押し倒《たお》され、腰《こし》の上にのし掛《か》かられていた。

「口説かれた覚えもないのに、いきなりこんなことをするおつもりですか……っ！」

「何を今さら。好きだと何度きみにアピールした？　最初会って話したときから僕はきみにきちんと求愛したぞ」

「失礼ながら、わかりませんでした」

確かにそんなようなことは言われ続けてきたが、恒は冗談《じょうだん》だと思っていた。もし真実だとすれば、あまりにも軽はずみすぎる気がしたからだ。一国の次期元首ともあろう尊い身分の貴公子がすることではないと信じていた。冗談にしても過ぎる、怖《こわ》い、と感じてはいたが、挙げ句の果てにこんな展開になるとは、いくらなんでも傍若無人《ぼうじゃくぶじん》すぎだ。眩暈《めまい》がしそうになる。

「わからなかった？　言ってくれるな、恒」

ラウルの端整《たんせい》な顔に、微《かす》かに意地悪な感情が覗《のぞ》く。

どうやら恒の発言はラウルの高いプライドを傷つけてしまったらしい。

恒は恐々《きょうきょう》として、なんとかしてラウルの下から逃れようともがいたが、のし掛かられてがっちりと体を押さえ込まれていては敵《かな》わない。

ラウルの指が恒の締《し》めたネクタイに掛かり、きっちりと結んであったノットを緩《ゆる》める。

「ふふ、本当にきみは僕の好みにぴったりだ。こんなに理想に近い男と出会えただけで、日本に来てよかったと思える。できればこのままきみを我が国に連れて帰りたいくらいだよ」

「無理に決まっているでしょう！」

どいてください、と恒は押し殺した声を上げ、ラウルの頑丈《がんじょう》な胸板を両手で押しのけようとした。大声を出さないのは、さすがにまずいと自重していたからだ。訪日中の皇太子殿下《でんか》に外務省職員がセクハラされたなど、世間に知れたらとんでもないスキャンダルだ。死んでも表《おもて》沙汰《ざた》にはしたくない。矩篤にも、こんな目に遭《あ》ったなど、絶対知られたくなかった。

いつまでも抵抗《ていこう》をやめない恒に、ラウルも痺《しび》れを切らしたようだ。

座卓《ざたく》に置いていた冷酒入りの杯を取り、酒を口に含《ふく》むと、いきなり恒に顔を近づけてくる。

今度はがっちりと両腕《りょううで》を畳に押さえられており、恒は首を振《ふ》りたくって避《さ》けようとしたが敵わず、ラウルに唇《くちびる》を塞《ふさ》がれてしまった。

ただのキスではなく、唇を唇でこじ開けられる。

「んんっ……！」

無理やり開かされた口に、ぬるくなった酒が流し込まれてきた。

恒は目を瞠《みは》り、口移しされた酒を仕方なく嚥下《えんか》した。

あまりの屈辱《くつじょく》感に涙《なみだ》が湧《わ》いてくる。

「……恒。好きなんだ、きみが」

宥《なだ》めるようにラウルに囁《ささや》かれ、乱れた髪《かみ》を撫《な》でられたが、恒は激しく首を振り、ラウルの指を拒《こば》んだ。

「認めません。……こんなのは、好きなんじゃない。……あなたはおれを慰み者《なぐさみもの》にしたいだけなんだ」

自分で言っておきながら、恒は自分の言葉に激しく傷つき、嗚咽《おえつ》を洩《も》らした。

「恒」

さすがのラウルも、これにはショックを受けたようである。

恒を押さえる腕から力が抜《ぬ》けた。腰にかかっていた体重も軽くなり、ラウルが躊躇《ためら》って身を引きかけたのがわかる。

ここを逃すともう二度と逃げ出すチャンスはないかもしれない。

切羽詰《せっぱつ》まった気持ちが恒を奮《に》い立たせた。

素早《すばや》い身のこなしでラウルの下から這《は》い出し、起き上がる。

後はもう、何も考えられずに体が勝手に動くに任せる。

「恒っ、待て！　待ちたまえっ！」

ラウルの呼び止める声を振り返りもせずに無視して、一目散に部屋を飛び出していた。

とにかくこの場から逃げることしか頭にない。

国賓《こくひん》を相手に自分がどれほどの無礼を働いたのか、これが果たしてどんな問題に発展するのかなど、今はいっさい考えられなかった。

幸い誰《だれ》の姿もない廊下《ろうか》を走り抜け、ロビーまで来る。

「あれっ、柚木崎はん、どないしはりました？」

フロントにいた和服の女性が恒の勢いに驚《おどろ》いて声をかけてきたが、それにも構っている余裕《よゆう》はなかった。

すでに夜の十一時を回っている。

こんな時刻からどこに行こうとしているのか、恒自身定かではない。

ただ、矩篤の元に行きたいとだけ切望していたようだ。矩篤たちがどこに宿泊《しゅくはく》しているのかすら知らないというのに、ひたすらそれだけ思っていた。

「恒っ！　恒！」

旅館に面した路地を、右に行くか左に行くか躊躇《ちゅうちょ》して立ち止まりかけたところで、まさかの声に呼びかけられた。

弾《はじ》かれたような勢いで、体ごと右を向く。

そこに茫然《ぼうぜん》として立っているのは、まさに、恒が会いたいと希求していた矩篤本人だった。

＊

一言で言うならば、虫の知らせとでもいうのだろうか。

楽屋に来たラウルが、わざと矩篤に当てつけるかのごとく、恒に意味深な耳打ちをしたときから、矩篤の胸中には不安と嫉妬《しっと》でどす黒いものが渦巻《うずま》き続けていた。

気のせいだ、おかしな事など起きるはずがない――何度自分に言い聞かせたかしれない。

それでもなお矩篤の苛立《いらだ》ちは収まらず、時間が経《た》つにつれ、こうして手をこまぬいているうちに取り返しのつかないことになったらどうするつもりだ、という焦燥《しょうそう》がひどくなっていった。

何もせずに後悔《こうかい》するよりは、無駄足《むだあし》になってもいいから行動するべきだ。

とうとう矩篤がそう決意したのは、打ち上げを兼《か》ねた食事会が始まって二十分と経っていない頃《ころ》だった。

「悪い。大事な用事を一つ忘れてしまっていた。すみませんが、私はここで抜けさせてもらいます」

乾杯《かんぱい》だけ済ませ、顰蹙《ひんしゅく》を買うのを承知で矩篤は宴席《えんせき》を抜け出した。

久々に会した面々ではあったが、それより矩篤には恒の方が大切だ。これはもう、昔からずっとそうだった。恒にはまだ一度も告げたことはないのだが、矩篤が常に最も優先させるのは、他《ほか》の誰でもない恒なのだ。これまでにも、恒の都合で会う約束がだめになったことは何度となくあれど、矩篤側の事情でそうなったことはただの一度もない。おそらく恒は気づいていないと思うが、真実だ。できない約束は最初から断るが、いったん約束したことは死んでも守る。矩篤はそれくらい真摯《しんし》な気持ちで恒と向き合っている。

とにかく今夜、恒が何事もなく寝支度《ねじたく》をしていることが確かめられればそれでいい。

矩篤はそんな気持ちでラウルたちの逗留《とうりゅう》先である老舗《しにせ》旅館に足を向けた。

胸騒《むなさわ》ぎはまだ続いていた。

ラウルが恒を見る眼差《まなざ》しは、間違《まちが》いなく男が性愛の対象を見るときの目だ。こと恋愛沙汰《れんあいざた》に関しては、信じられないほど鈍《にぶ》いところのある恒には、あれだけあからさまなラウルの視線が、ピンとこないらしい。

名家の御曹司《おんぞうし》として大事に大事に育てられてきたからとはいえ、矩篤にはちょっと信じられないことだ。

中学、高校、大学と、恒をずっとつかず離《はな》れずの位置から見守ってきた矩篤には、恒が欲しいと手ぐすね引いていた男女がいつも周囲に群れをなしていたのを知っている。

友達、と恒が無邪気《むじゃき》に矩篤に紹介《しょうかい》していたうちの大半は、本当はそんな関係では満足していないとはっきり顔に書いていた。

気づかないのは恒だけだ。

恒は知らず知らずのうちに、ずいぶん多くの友人たちを振《ふ》りまくり、失望させていたのだ。誰も恒の高貴で冒《おか》しがたい存在に手が出せなかったからだろう。かくいう矩篤自身、まさに同様なので、他の皆《みな》の心境が自分のことのように察せられる。大学のとき、ほんの半年あまりだったとはいえ、恒に面と向かって交際を申し込んだ彼女はある意味兵《つわもの》だった。鈍いという点においては、恒といい勝負だったかもしれない。

矩篤は長い間恒を陰《かげ》から見守り続けているだけだった。

この先も、それでいいと思っていた。

ところがここに来て、いっきに事情が変わったのだ。

積極的かつ果敢《かかん》に恒に迫《せま》る金髪碧眼《きんぱつへきがん》のプリンスを間近に見たとき、矩篤は初めて自分の内に押し隠《かく》してきた激しい感情を揺《ゆ》り動かされた心地《ここち》がした。

ラウルには恒を渡《わた》せない。

渡すくらいなら、自分のものにする。

かつて湧《わ》かせたことのない強い所有欲と独占欲《どくせんよく》が体の奥底から吹《ふ》き上げてきて、全身を熱くした。

たぶん、ラウルのような相手が恒に近づいてこなければ、矩篤のこの激情は生涯《しょうがい》表に出ないまま終わったのかもしれない。

だが、一度迸《ほとばし》り出てしまったからには、もう抑え込めなくなった。元の通り平静な自分に戻《もど》ろうと努力するだけはしたものの、とうてい無理だったのだ。

よくよく考えてみると、矩篤はこれまでずっと誰《だれ》に遠慮《えんりょ》して、なんのために感情を殺してきたのか、その意味がわからなくなってきた。

矩篤は恒が好きだ。もうずっと好きだ。愛していると誓《ちか》ってもいい。

そしてもし、恒の気持ちも矩篤と一緒《いっしょ》なら、矩篤は他の全《すべ》ての障害を乗り越《こ》える覚悟《かくご》をすでにつけている。

恒の気持ちを今夜聞こう。

打ち上げが行われていた馴染《なじ》みの御茶屋《おちゃや》から恒たちのいる旅館まで、タクシーを使わずひたすら歩き続けながら、恒は決意した。

旅館の特徴《とくちょう》ある塀《へい》に差しかかり、もう少しで出入り口に辿《たど》り着くと思ったところに、スーツ姿の細い男が内側から勢いをつけて表に出てきたのだ。

矩篤は心臓が止まるかと思うほど驚《おどろ》いた。

見間違うはずがない。

「恒っ！　恒！」

次の瞬間《しゅんかん》、矩篤は大きな声を上げていた。

ぱっとこちらに向き直った恒の顔も、みるみる驚愕《きょうがく》に歪《ゆが》む。

驚きと一緒に、安堵《あんど》や悔《くや》しさ、屈辱《くつじょく》感、プライド、そして歓喜《かんき》などの、ありとあらゆる感情がいっきに湧き出てきて、恒の頭と胸をいっぱいいっぱいにしてしまったのがわかる。

「矩篤……っ」

恒は人通りの絶えた往来で、なりふり構わず矩篤に抱《だ》きつくと、恥《はじ》も外聞もなく矩篤に泣き顔を見せて縋《すが》りついてきた。

たまたまそこに、空車のタクシーが通りかかったのは、矩篤に最後の一線を越えさせる決意をつけさせるための、天の計らいだったのかもしれない。

矩篤は恒のほっそりした体を抱き寄せてタクシーに乗り、自分が泊《と》まっているホテルまでやってくれと運転手に頼《たの》んだのだった。

Ⅴ

矩篤に肩《かた》を抱かれたままタクシーに揺られ、恒は東山区にある十一階建てのホテルに連れていかれた。

車に乗っている間に、恒は昂《たか》ぶらせていた気持ちを落ち着かせ、なんとか平常通りの会話ができるくらいにまでなってきた。

それはたぶんに矩篤の体温と馴染んだ匂《にお》い、そしてそっと肩を撫《な》でさすってくれていた手の優《やさ》しい感触《かんしょく》によるものだろう。

恒は、着物に羽織をつけた矩篤に身を凭《もた》せかけ、矩篤の心臓の鼓動《こどう》を微《かす》かながら感じていた。規則正しく波打つ胸の動きが恒を勇気づけ、何も怖《こわ》くないと教え、安心させる。

求めていたのは、この腕《うで》と胸に抱かれることだったんだ——恒はようやく自分自身の本当の気持ちに気づき、痞《つかえ》が取れた心地だった。

これまでずっと、触《ふ》れてはいけない見てはいけないと避《さ》け続けてきたところに、今回やっと目を向けられた。踏《ふ》み込んでしまったが最後、二度と抜《ぬ》き差しならない状態に陥《おちい》りそうで、恒には真っ向から対峙《たいじ》する勇気が出せずにいたのだ。うまく説明できないが、本能的に危《あや》うさを感じていたのだと思う。知れば自分がどうなるか予測のつかない心許《こころもと》なさがあった。引き返せない予感がしたのだ。だから、近づかないように、考えないようにして、目を逸《そ》らし続けてきた。何かがあることにはとうに気づいていたが、知らないふりをし通すつもりだったのだ。

それが今夜、他の男に無理強《むりじ》いされかけて、心の奥に押し込めて隠していたものの覆《おお》いが取り去られた。

ラウルの腕に抱かれて感じた緊張《きんちょう》や嫌悪《けんお》が、矩篤に身を寄せていることでみるみる消え、癒《いや》されていく。

言葉は交《か》わさなくても、深い愛情と慈《いつく》しみの気持ちが恒を包み込み、厚い信頼《しんらい》を寄せさせた。

矩篤とこんなふうに接触《せっしょく》するのは初めてなのに、なぜかそんな気がしない。かえって、今までどうして素直に矩篤の胸に飛び込まなかったのか、怖がって躊躇《ためら》っていたのか、不思議なほどだった。

およそ十分ほどでホテルに着いた。

和と洋がほどよくミックスされた部屋で、矩篤は恒をソファに座らせる。

「何か飲むか？」

聞きながら、矩篤はすぐには傍《そば》を離《はな》れようとせず、俯《うつむ》けた恒の顔を屈《かが》み込んで覗《のぞ》き込み、心から心配して労《いたわ》ってくれる。

タクシーの中でもじっと辛抱《しんぼう》強く、恒が事情を説明する気になるまで自分からは何一つ聞き出そうとしなかった矩篤の心遣《こころづか》いが身に沁《し》みていたところにこんなふうに優《やさ》しくされ、恒はたまらなくなった。

情けなくも、一度は止めていたはずの涙腺《るいせん》を、またもや緩《ゆる》ませる。

あっという間に両方の瞳《ひとみ》が濡《ぬ》れ、視界がぼやけた。

「恒」

矩篤は、まるで自分が飲み物などというつまらないことを聞いたせいで恒が泣き出したのかと勘違《かんちが》いしたように慌《あわ》て、恒のすぐ横に自分も腰《こし》を下ろした。

「……恒」

両腕が体に回されてきて、ぎゅっと強く抱き締《し》められる。

「矩篤」

恒は微かな息と一緒《いっしょ》に吐《は》き出すように矩篤の名を呼ぶと、自分からも矩篤の胸に縋りついていった。

矩篤の長い指が、遠慮《えんりょ》がちに恒の乱れた髪《かみ》を撫でる。

ラウルに押し倒《たお》されてもがいたとき、畳《たたみ》に擦《す》れてさんざん乱れてしまった髪が、矩篤の指で梳《す》かれ、元通りに落ち着いてくるのがわかった。

「酒、飲み過ぎたのか？　顔が赤い」

嫌《いや》なら無理には聞かないが、という気持ちが声に籠《こ》もっている。

ありがたさに恒はますます目頭を熱くし、鼻の奥をツンとさせた。いい加減みっともないので泣くのはよそうと思うのだが、なかなか涙《なみだ》が止まらない。涙腺が壊《こわ》れたのではないかと本気で心配になってきた。

「少しだけ、だけど」

辿々《たどたど》しく答えると、矩篤はフッと安心したように微笑《ほほえ》んだ。

「酔《よ》ってはいないんだな」

「……おれが酒に強いこと、矩篤は知ってるだろ」

「ああ」

恒は矩篤の言葉の中で、この「ああ」という相槌《あいづち》が、実は一番好きかもしれない。短い中に頼《たの》もしさと誠実さ、愛情などがぎゅっと凝縮《ぎょうしゅく》されているようで、いつもぐっとくる。誰《だれ》のどんな気《き》の利いた言葉より、数倍心に沁みて、胸が温かくなるのだ。

こうして矩篤に、お互《たが》いの体温が行き交うくらい傍近くにいてもらい、親身になって労ってもらっていると、恒はそれだけでもう、他《ほか》には何もいらないと思えてくる。

矩篤が好きだ。しかも、ただ好きなのではなく、このまま押し倒されて組み敷《し》かれてもいいくらい好きだ。

恒は自分の中に存在する赤裸々《せきらら》な欲望を肯定《こうてい》し、受け入れる勇気を得始めていた。

今までもやもやしてうまく説明のつけられなかった気持ちが、徐々《じょじょ》に明らかになっていく。

例えば、矩篤と秋保が少しでも親密な雰囲気《ふんいき》を醸《かも》し出していると、苛々《いらいら》して落ち着かなかったのはなぜなのか。

あの感情を恒は嫉妬《しっと》だとは知っていたが、同じ嫉妬でも、恒は長年自分を見守ってくれていた兄を取られるのではないかという意味での嫉妬だと考えようとしていた。無意識のうちにも、矩篤を恋人《こいびと》と同じ気持ちで好きなのだという感情を、抑《おさ》えよう抑えようとしていたようだ。認めてしまうと、恒はどうしていいかわからずに、混乱しそうで怖《こわ》かった。

今も、正直に白状すれば、少し怖い。

踏《ふ》み越《こ》えたことのない一線を越えようとしている気がして、未知の領域に入り込んでいくだけの勇気がまだ自分にあるかどうかわからず、心細くて仕方なかった。

いっそ、ソファの先にあるセミダブルサイズのベッドに行けば、悩《なや》む前に全てが最善の方向に押し流されるのではないか。そんな予感もした。

「……おれ、いろいろ矩篤に言わなくちゃだめかな……？」

おずおず聞くと、矩篤は低くて響《ひび》きのいい声で「いや」と答えてくれた。

恒は恐《おそ》る恐る矩篤の胸に縋らせていた顔を上げ、僅《わず》かに身を退《ひ》いた。

すぐ目の前に、矩篤の端整《たんせい》で凛々《りり》しい顔がある。切れ長の瞳は理知的な光と慈愛《じあい》を湛《たた》え、真っ直ぐに恒の胸を摑《つか》んでくる。

「恒」

矩篤の指が、そっと恒の頬《ほお》に伸《の》ばされる。

「怖くなかったら、目を閉じてみてくれないか」

恒は矩篤の言葉に従い、そっと瞼《まぶた》を閉じ合わせた。

頬を撫《な》でていた指先がすうっと下におりてきて、顎《あご》に軽く触《ふ》れてくる。息がかかるほど間近に矩篤が顔を近づけてくるのを感じ、恒は緊張した。ぶるっと全身が頼《たよ》りなく震《ふる》える。だが、怖くはなかった。

唇《くちびる》に、柔《やわ》らかくて温かい感触《かんしょく》が押しつけられてきた。矩篤の唇だ。

「……んっ……う」

恒は思わずあえかな声を洩《も》らしていた。

一度唇を離した矩篤が、溜息《ためいき》と共に言う。

「反則だ」

えっ、と恒は目を開けた。

矩篤の顔がさっきよりさらに近くに迫《せま》っている。こんな至近距離《きょり》で矩篤を見たのは初めてだ。

恒は戸惑《とまど》い、恥《は》ずかしさに赤くなる。

この唇とキスをしたのだ。

思い出したくもなかったが、ラウルに無理やりされたキスとは全然違う。さっきのキスで、恒は何かが吹《ふ》っ切れた気分になった。

「何が、反則？」

一呼吸置いて聞くと、矩篤はフッと気恥ずかしげにそっぽを向き、目元をうっすら染める。

「そんな声を出すのは反則だと言ったんだ」

どうやら、さっきみたいな可愛《かわい》らしいキス一つでは物足りず、もっともっと互いの体に触れ合いたいと思っているのは、恒だけではないらしい。

どうしよう。どうやって矩篤を向こうに見えるベッドに誘《さそ》えばいいのだろう。

慣れない恒が頭を悩ませていると、おもむろに矩篤は立ち上がった。

「恒。愛している」

真っ直ぐに恒の目を見据《みす》え、いざとなると無敵に肝《きも》の据《す》わった男は、照れを払《はら》いのけるように堂々と告げてきた。

「抱《だ》きたい。今夜はきみを帰したくない」

そう続け、すっと手を差し出す。

恒は矩篤の大きな手に、自分の手を載《の》せた。

強い力で握《にぎ》り締《し》められる。

そのままぐいっと腕《うで》を引いて立ち上がらせられ、腰《こし》を引き寄せられた。

「……きみの気持ちは？」

ベッドに向かって歩きだす前に、矩篤は恒の意思を確かめる。紳士《しんし》的な男だ。そして、さっきのキスで恒の返事にも自信を持ったに違いない。

「いろいろ言わなくていいって、さっき矩篤が言ったくせに」

土壇場《どたんば》になると、やはり恒の方が往生際《おうじょうぎわ》が悪かった。

矩篤はやられたという顔で苦笑《くしょう》する。

「確かに」

「好きだよ」

どさくさに紛《まぎ》れ、囁《ささや》くほどの声で恒は矩篤に答えた。

矩篤が軽く目を瞠《みは》る。

恥ずかしさに顔を俯《うつむ》けた恒の腕を、矩篤は黙《だま》って引く。

ベッドまではそこから数歩の距離だったが、緊張しているせいか歩みがぎくしゃくとしてしまい、実際よりも遠く感じた。

毛布を剝《は》いで皺《しわ》一つないシーツを露《あらわ》にする矩篤に、恒は新たな一面を知らされた気がした。

清廉《せいれん》で、およそ俗《ぞく》っぽい欲求など抱《いだ》いたこともなく、高い精神性を持って粛々《しゅくしゅく》と生きているように見える矩篤が、普通《ふつう》の男となんら変わることなくベッドを使おうとしているのが不思議だった。

「どうした？」

矩篤をじっと見て立ち尽《つ》くしていた恒に、矩篤が理知的で落ち着き払った眼差《まなざ》しを向け、聞いてくる。穏《おだ》やかで包容力のある、耳朶《じだ》に心地《ここち》よい響きの声で、恒は体の芯《しん》に甘い痺《しび》れを走らせ、官能を擽《くすぐ》られた。

「な、なんでもない……」

「もしかして、私が怖いか？」

「まさか！」

恒は大きく首を振《ふ》ると、怯《ひる》んでなどいないことを示すため、ヘッドボードの横に据えられたチェストの側面についているスイッチを押して、天井灯《てんじょう》と窓際のスタンドライトを消した。室内の明かりはベッドサイドにあるナイトランプ一つになる。

羽織を脱《ぬ》いで着流し姿になった矩篤が、背後から恒の上体と腰に腕を回し、抱いてきた。

このときになって恒は、遅《おく》ればせながら、緩《ゆる》んだまま首にぶら下がっているネクタイに注意を向け、ハッとした。

「……何も、なかったんだ、殿下《でんか》とは」

「ああ」

僅《わず》かでも誤解されたくなくて、言い訳がましいと思いながら唐突《とうとつ》に言った恒に、矩篤は全て見通しているかのごとく揺《ゆ》るぎない口調で受ける。恒を取り乱させた原因がラウルであることもこのとき初めて口にしたのだが、矩篤はとうに承知していたらしい。楽屋での遣《や》り取りから、薄々《うすうす》こんな事態にならないとも限らないと予感していたのかもしれない。まるで恒の窮地《きゅうち》を感じ取ったかのようなタイミングで現れたところからして、そう考えた方が筋が通る。

「きみが不本意なことを強《し》いられずにすんでよかった」

矩篤の声には心の底から安堵《あんど》している響《ひび》きが含《ふく》まれていた。

こうして矩篤に守るように抱かれているだけで、幸福感に包まれる。

恒は矩篤の腕を摑《つか》むと、体を反転させて矩篤と向き合った。

室内の適度な暗さが恒を大胆《だいたん》にした。上着を脱ぎ、シャツの襟《えり》からネクタイを抜《ぬ》き取る。

矩篤も角帯と腰紐《こしひも》を慣れた手つきで解《ほど》き、着物と襦袢《じゅばん》を脱ぎ落とす。

お互《たが》い全裸《ぜんら》になったところで、矩篤が恒の肩《かた》を抱き寄せ、ベッドの縁《ふち》に並んで腰かけた。

にわかに緊張《きんちょう》が高まってくる。

恒は、同性とするのは初めてだと矩篤に言っておいた方がいいだろうか、と躊躇《ためら》い、そっと矩篤を窺《うかが》った。

矩篤も恒を見ていて、目と目が合う。矩篤の瞳《ひとみ》には誠実さと愛情が満ちている。すでにどんな迷いも振り切ったのが見て取れる、潔く真摯《しんし》な眼差しだ。

恒はトクンと胸を弾《はず》ませ、そのまま瞼《まぶた》を閉じた。

矩篤の腕が恒の胴《どう》に回され、もう一方の手で頰《ほお》を包み、撫《な》でられる。

優《やさ》しい指遣《ゆびづか》いが与《あた》えてくれる心地よさにうっとりし、自然と唇《くちびる》を緩めると、それを待っていたようにキスされた。

「あ……っ」

唇と唇の粘膜《ねんまく》が触れた途端《とたん》、ピリリと体に微弱《びじゃく》な電気を流されたような感覚に襲《おそ》われた。

キスの手順は先ほどとほとんど変わらない。だが、今度はお互い一糸纏《まと》わぬ姿でベッドの上にいるせいか、神経が昂《たか》ぶり、過敏《かびん》になっている。

おまけに、キスも唇を押しつけてくるだけのものではなかった。

矩篤はキスをしながら、恒が薄《うす》く開いていた唇を自分の唇で割り開き、隙間《すきま》から舌を滑《すべ》り込ませてきた。

「んんっ……、う…」

予期していなくて恒はたじろぎ、肩を大きく揺らした。

なんとなく、矩篤にこんなキスをされるとは思っていなかった。恒自身、経験豊かな方ではないのだが、矩篤は自分よりもっと不慣れだろうと勝手に決めつけていたところがある。男同士のセックスなど果たしてできるのか、お互い勢いだけでどうにかなるものなのかと、ひそかに心配していたくらいである。

しかし、恒が思っていたほど矩篤は朴念仁《ぼくねんじん》ではなさそうだった。

それどころか、舌を搦《から》めるディープなキスでさっそく恒を翻弄《ほんろう》し、喘《あえ》がせる。

弾力《だんりょく》のある舌で縦横無尽《じゅうおうむじん》に口中をまさぐられ、唾液《だえき》にまみれた舌を引き摺《ず》り出されて吸い上げられる。

「あぁ、……あっ」

恒は矩篤にされるまま、受け入れるのがやっとだった。

俗っぽい行為《こうい》とは無縁《むえん》に、精神的にも肉体的にも凡人《ぼんじん》には到達《とうたつ》し得ない域にまで己《おのれ》を引き上げて生きてきた男だと、冗談《じょうだん》のかけらもなく信じていただけに、矩篤にこんな激しい一面があったとは驚《おどろ》きだ。矩篤は恒などよりよほどこの行為に長《た》けている。ぎこちなさなどどこにも見当たらなかった。

「……ど、……どこで……？」

「え？」

息継《いきつ》ぎの合間に譫言《うわごと》のように洩《も》らした恒に、矩篤は濡《ぬ》れた唇をいったん離《はな》し、虚《きょ》を衝《つ》かれた顔をする。何を聞かれたのかわからなかったらしい。

「こ、恋人《こいびと》いたなんて、知らなかった」

それならそうと、いつも聞き役に徹《てっ》してばかりいないで、自分のことも教えてくれればよかったのに、とまるで騙《だま》されていた気分になる一方、打ち明けられていたらいたで、ショックを受けて落ち込んだのかもしれない、とぼんやり思った。

矩篤は恒の言いたいことをようやく察したようだ。ああ、という顔をして、次にフッと面映《おもは》ゆげに目を伏《ふ》せる。

「恋人と呼べる人はきみが初めてだ」

いつもより低い声でやや早口に答えるや、矩篤は恒をシーツに押し倒《たお》し、のし掛《か》かってきた。

「うわっ……、の、矩篤っ」

不意打ちに遭《あ》い、恒は狼狽《うろた》え、上擦《うわず》った悲鳴を上げた。

「だが、私もいっぱしの男だからな」

矩篤は続けてやや自嘲《じちよう》気味に言うと、もう一度恒の唇を塞《ふさ》ぐ。

今度も遠慮《えんりよ》や容赦《ようしや》などいっさいなく、口の隅々《すみずみ》まで蹂躙《じゆうりん》し、奪《うば》い尽《つ》くすキスをする。

「あ……あっ」

上顎《うわあご》の裏を舌先で擽《くすぐ》られ、感じている声をたてながら、恒はどんどん下腹を硬《かた》くしていった。

太股《ふともも》に当たる矩篤のものも、同じように嵩《かさ》と硬度《こうど》を増している。熱く猛《たけ》った昂ぶりを押しつけられて、恒はさらに官能を刺激《しげき》された。

矩篤が自分との行為に興奮し、欲情している——本当にこれは現実なのだろうか。にわかには信じがたい気分だ。

恒の戸惑《とまど》いに気づいてはいるのだろうが、矩篤は頓着《とんちやく》せず、巧《たく》みな愛撫《あいぶ》を与えていく。

キスをしながら指先をうなじから肩、鎖骨《さこつ》の窪《くぼ》み、そして胸の突起《とつき》へと辿《たど》らせ、少しでも恒が反応した箇所《かしよ》は時間をかけて丹念《たんねん》に触《ふ》れる。

体中至る所に、恒は敏感《びんかん》に刺激を受けとめる箇所を散らばせているようだ。自分でもわからなかったことが、矩篤との行為で明らかになる。

少し指が動くだけで恒はビクビクと体を引きつらせ、肌《はだ》を粟立《あわだ》てて感じた。

特に乳首《ちくび》は、すっと突起の先端《せんたん》を掠《かす》められただけで自分のものとも思えない艶《なま》めいた声を上げてしまい、頬が熱くなるほど恥《は》ずかしかった。たぶん、矩篤にされているから、こうも感じてしまうのだろう。精神的な昂揚《こうよう》がなければこんなふうにはならない気がする。

「恒」

矩篤は愛《いと》しげに呼びかけつつ、体を少しずつずらしながら、恒の全身に余すところなく触れていく。

指で弄《いじ》られてツンと尖《とが》った乳首を口に含《ふく》まれ、舌で転がして刺激される。

「あ、……い、いやだ……、あぁ、あ」

まるでそこに官能を増幅《ぞうふく》させるスイッチが埋《う》まっているかのごとく、指と口で嬲《なぶ》られるたび強い刺激が体中を駆《か》け抜ける。

「ああっ、……やめて……っ、矩篤」

口では嫌《いや》だやめてと言いつつも、体は抵抗《ていこう》しない。

恒は覚束《おぼつか》ない手つきでシーツをまさぐり、ときどき爪《つめ》を立て、ひたすら矩篤に与《あた》えられる快感を受け入れた。

脇腹《わきばら》を操るように撫《な》で下りる指に「あっ、あっ」と小刻みに体を震《ふる》わせる。

充血《じゅうけつ》して膨《ふく》らみ、硬くなった乳首を唇《くちびる》に挟《はさ》んで強く吸い上げられたかと思うと、カリッと歯を立てて甘嚙《あまが》みされる。

「い、いやっ……！　あぁぁっ！」

恒は上体を弓形にしてシーツから跳《は》ね上げ、過度の快感に目尻《めじり》から涙《なみだ》を零《こぼ》した。

「愛してる、恒」

矩篤の声も次第《しだい》に熱を帯びてきた。感情をほとんど察しさせない普段《ふだん》の矩篤とはまるで違《ちが》う。口数自体も多いが、それより言葉の一つ一つに含まれるニュアンスの豊かさが、矩篤の気持ちを雄弁《ゆうべん》に語っていた。

「いつからおれのこと、こんなふうにしたいと思ってた？」

恒は矩篤の愛撫に身を委《ゆだ》ね、悦楽《えつらく》に溺《おぼ》れて息を弾《はず》ませながらも、どうしても確かめずにはいられなかった。でなければ、お能の曲目に頻繁《ひんぱん》にあるように、気がついたら夢だったというオチになりそうで、落ち着けない。

「ずっと」

矩篤は照れくさそうに短く答えると、脇腹にやっていた手をさらに下腹へと下ろし、はしたなく勃《た》ち上がっている股間《こかん》のものを握《にぎ》り込む。

「んっ……！」

軽く扱《しご》かれただけで恒は眉《まゆ》を寄せ、唇を嚙んで快感をやり過ごした。

「ずっと以前から、本当はきみをこんな目で見ていた」

てっきり一言だけではぐらかされるのかと思いきや、矩篤は続けて告白する。

「私はある意味殿下《でんか》に少しだけ感謝している」

矩篤はきまり悪げに続けた。

「……殿下がきみに粉をかけ、手に入れようとあからさまな態度を取らなかったら、私はもうしばらく自分の気持ちを胸の奥にしまい込み、言葉にも行動にも表さなかったと思う。そして、本当に手遅《ておく》れになって、一生後悔《こうかい》するはめになったかもしれないんだ」

「おれも」

恒は陰茎《いんけい》を扱かれる悦楽に脳髄《のうずい》を痺《しび》れさせながらも、矩篤の告白を受けて返した。

「どうして、こんなに長いこと自分の気持ちに気づかずにいられたのか、信じられない」

恒の場合も、気づかせてくれたのはラウルだ。襲《おそ》われかけて必死で逃《に》げ出してきた身としては、さすがに感謝まではできないが、恨《うら》みや怒《いか》りはもう湧《わ》いていない。たとえどんな理由があったにせよ、職務を放《ほう》り出し、不埒《ふらち》にも朝帰りしようとしている申し訳なさも感じている。だが、この後どんな処罰《しょばつ》を受けるはめになったとしても、今夜だけは矩篤の腕《うで》の中から離《はな》れられなかった。

「私にとってきみは高嶺《たかね》の花だった」

「ま、まさか」

感じやすい先端を指の腹で撫で回され、恒は小刻みに喘《あえ》いで薄《うす》い胸板《むないた》を上下させた。

「あ……あっ、……う」

隘路《あいろ》から淫《みだ》らな液が滲《し》み出て、矩篤の指を濡《ぬ》らす。

先端に塗《ぬ》り広げられ、恒は頰《ほお》を熱く火照《ほて》らせた。

「……も、もう、……あ」

矩篤の体に絡《から》ませた足の内股《うちまた》が引きつるように震える。

そうやって弄られ続けていると、さしてかからずに精を放ってしまいそうだ。すでに恒はギリギリまで追いつめられている。

「あ、ああっ、いやだ、いくっ」

しばらく慰《なぐさ》めていなかった恒のものは、我慢《がまん》が利《き》かなくなっていた。愛撫《あいぶ》の手を緩《ゆる》めるどころか激しくされ、あっという間に悦楽の坂を駆け上り、突《つ》き落とされる。

「あああっ！」

恒は辺りを憚《はばか》ることもできず、ひときわ大きな嬌声《きょうせい》を上げ、頭を仰《の》け反らせた。

矩篤の手に促《うなが》され、夥《おびただ》しい量の白濁《はくだく》を自らの腹の上に飛び散らす。

眩暈《めまい》がするほど気持ちよくて、恒はしばらくぐったりとシーツに身を投げ出したまま、息を荒《あら》げて喘いでいた。

「んっ、……う」

全身が心地《ここち》よい疲労《ひろう》感に浸《ひた》される。

「綺麗《きれい》だ」

「……嘘《うそ》だ、そんなの」

「綺麗と言われるのは嫌《いや》か？」

嫌ではないが、素直《すなお》に受けとめられず、気恥《きは》ずかしい。どんな顔をすればいいのか当惑《とうわく》する。

それでも、ふと見上げた矩篤の顔が真面目《まじめ》そのもので、冗談《じょうだん》やお世辞とはとても思えない表情をしていたため、黙《だま》って微《かす》かに首を横に振《ふ》る。

「きみはもっと自分を知るべきだ」

矩篤はサイドチェストからティッシュを取り、恒の腹から胸元にまで飛んだ精を拭《ぬぐ》って清めると、再び身を重ねてきた。

今度は両足を大きく開かされ、足の間に身を置く。

「矩篤？」

一度出して落ち着いたばかりの陰茎を口に含《ふく》まれ、恒は狼狽《うろた》えた。

「い、いやだ……ん、んんっ」

舐《な》めたり吸われたり、舌を辿《たど》らせて刺激《しげき》されたりと、巧《たく》みな口淫《こういん》で瞬《また》く うちにまた欲情を煽《あお》られる。

「あっ、……んっ」

下腹に血が集まって柔《やわ》らかくなっていた陰茎が硬《かた》く張り詰《つ》めてくる。

「ずるい。ずるいじゃないか、矩篤！」

自分だけが痴態《ちたい》を晒《さら》させられ、矩篤はいつまで経《た》っても余裕綽々《よゆうしゃくしゃく》としているのが悔《くや》しくて、恒は感じて喘ぐ合間に抗議《こうぎ》した。

「そんなふうに怒《おこ》らなくても、今に私もなりふり構っていられなくなる。私はたぶん、きみが思っているよりずっと貪欲《どんよく》だ」

矩篤は艶《つや》っぽく笑いながら、やおら恒の腰《こし》の奥に手を差し入れてきた。

双丘《そうきゅう》の間にひそかに隠《かく》れている秘部を探《さぐ》り当て、撫《な》でられる。

「あっ！　あ……、恥ずかしい……」

恒は傍《かたわ》らに避《よ》けていた枕《まくら》を引き寄せ、顔を埋《うず》めた。自分の指で触《さわ》るのも躊躇《ためら》われる箇所《かしょ》だ。そこを矩篤の長い指で寛《くつろ》げられ、襞《ひだ》の内側まで弄《いじ》られるのかと思うと、猛烈《もうれつ》な羞恥《しゅうち》を感じてしまい、平静ではいられない。

「恒」

矩篤は乾《かわ》いた指をいったん離すと、恒の肩《かた》に手をかけ、枕に埋めた顔を上げさせた。頬に打ちかかっていた髪《かみ》を丁寧《ていねい》に払《はら》いのけ、唇《くちびる》を何度も撫でる。

「口を開けて」

矩篤は決して無理強《むりじ》いしない。

恒は躊躇いがちに唇を開き、自分から矩篤の指を銜《くわ》え、唾液《だえき》をまぶした舌を絡ませた。

この指が次にどこをどうするつもりなのかは聞くまでもない。恒はそこまで初《うぶ》でも鈍感《どんかん》でもなかった。

「ありがとう。もう十分だ」

ぐっしょり濡《ぬ》れた指が透明《とうめい》な糸を引いて口の中から出て行く。恒は唾液の糸が途中《とちゅう》でぷつりと切れるところまで見ていた。矩篤のすらりとして骨張った人差し指と中指が、ナイトランプの明かりを受け、淫猥《いんわい》に光る。

「足を立てて」

恒は素直に矩篤に従った。

膝《ひざ》で曲げた足を大きく開いたまま立てる。腰の下には枕を宛《あて》がわれた。

顔を天井《てんじょう》に向けて目を閉じた恒に、矩篤は優《やさ》しいキスをする。

そうしながら、先ほど位置を確かめていた秘部に濡れそぼった指を戻《もど》し、繊細《せんさい》に折り畳《たた》まれた襞に唾液をまぶす。

ここに男を受け入れるのは初めてだが、知識としては知っている。十分に解《ほぐ》して準備さえすれば、可能なことも理解してはいた。それでも、不安は完全には払拭《ふっしょく》されない。

矩篤のものは恒自身とは比べものにならないほど立派で、これが自分の奥まで入ってくるのかと想像すると、身震《みぶる》いしてしまう。とても難しいことのように思うのだ。

矩篤は恒が未経験だと承知していた。

優しく啄《ついば》むキスを繰り返し、恒の意識が下半身にばかりいかないようにさせておき、たっぷり濡らした秘部に指を一本ずつ潜《もぐ》らせる。

「んっ……！　あ、あっ……！」

いかにキスで宥《なだ》められていても、きゅっと窄《すぼ》んだ襞を外から押し開かれぐぐっと奥まで穿《うが》たれれば苦しさと違和《いわ》感に声を立てずにはいられない。

「や、あ……、あぁっ」

「痛い？」

聞かれて、恒は我慢《がまん》して首を振る。実際、感じられるのは痛みばかりではなかった。指でまさぐられるたびにビクビクと身が震《ふる》えるような快感が湧《わ》く場所があり、それが欲しくてこのままやめられたくないとも思う。

矩篤は注意深く恒の中で指を動かした。

初めはゆっくり、恒の表情の変化を確かめながら、一本の指を抜《ぬ》き差ししたり、捩《ねじ》ったり、関節を曲げて通路を拡張させたりして、慣らしていく。

一本だけだった指が二本に増え、その二本を自在に動かせるようにまでなるのに、それほど時間は要しなかった。

本当に快感があって辛《つら》いばかりではなかったことと、矩篤の深い愛情がキスや指遣《ゆびづか》いにひしひしと感じられて、恒が矩篤に素直に身を委《ゆだ》ねたからだろう。

「最初だから、きみが一番楽に受け入れられる姿勢でやろう」

矩篤は恒を俯《うつぶ》せにさせ、枕を二つ重ねて腰を高々と掲《かか》げさせた。

想像するだけで顔から火が出るような痴態《ちたい》を晒《さら》している気がしたが、ここまで来たからには最後までやり遂《と》げたい気持ちが強かった。

恒も矩篤が欲しい。矩篤の欲望を受けとめ、熱い気持ちを確かめたい。

矩篤は恒の双丘に手をかけて左右に割ると、剝《む》き出しになった中心に顔を寄せ、唾液を掬《すく》った舌であらためて襞を潤《うるお》わせ始めた。

「いやっ、いやだ、矩篤！　やめてっ、いやだ！」

まさか直接こんなところを舐《な》められようとは思いもせず、恒は焦《あせ》って身動《みじろ》いだ。

だが、矩篤の腕《うで》はがっちりと恒の腰を押さえており、嫌《いや》がっても振《ふ》り放せない。恥ずかしいところを舐められ、舌先を襞の隙間《すきま》に捩り込まれまですると、次第《しだい》に全身から力が抜けてきてシーツにしがみついてあえかな声を洩《も》らすだけになる。汚《きたな》いと狼狽えているのは恒だけで、矩篤は好きならこのくらいなんでもないことだと、愛情の確認《かくにん》のためにむしろ喜んでしたがっているのが感じられたせいもある。

たっぷりと濡らし直された秘部に、矩篤の硬《かた》い先端《せんたん》が押しつけられる。

「あ、あっ」

抉《えぐ》られる前から恒は期待と不安に動揺《どうよう》した声を立て、唾《つば》を吞《の》んだ。

「力を抜いているんだ」
「わかってる」
頭ではわかっているのだが、どうにも緊張《きんちょう》して体がいうことを聞かない。
「恒。きみは私のどこを好きになった？」
矩篤は いきなり腰《こし》を進めてこようとはせず、恒の気持ちをリラックスさせようと気を遣って
くれていた。
「どこだろう」
自分にないものをたくさん持っているところだろうか。初めて会ったときから、矩篤は恒の
理想的な人間像そのものだった。静かで強く優しく穏《おだ》やかな、とても正直で信頼《しんらい》の置ける人。
自分の成すべきことを明確に知っていて、迷いを見せず、常に高みを目指して努力を怠《おこた》らずに
生きている。凛々《りり》しく意志の強さをまざまざと感じさせる容貌《ようぼう》も好きだし、社会との関《かか》わり方
や周囲の人々との関わり方も好きだ。
「嫌《きら》いなところを探す方が難しいくらいだから」
恒は思うままを告げた。
「……なぜ、もっと早くおれは矩篤を自分のものにしようと思わなかったんだろう。それが今
一番わからない」
「そうか。光栄すぎて言葉も出ない」

矩篤は声に喜色を滲《にじ》ませつつも穏やかに落ち着いて返すと、恒がふっと息をつくのと同時に、ずっ、と硬い先端を襞《ひだ》にめり込ませてきた。

「ああっ、……あっ……！」

力を抜いたところを見澄《みす》まして、いっきに先端の一番エラの張った部分を通過させ、括《くび》れまで穿つ。

衝撃《しょうげき》の強さに恒は呻《うめ》き、喉《のど》を喘《あえ》がせてシーツを引き摑《つか》んだ。

「つっ……あ、……あっ」

「恒。大丈夫《だいじょうぶ》か？」

「……たぶん」

「優しくするから、私を信じて任せてくれ」

恒はこくりと頷《うなず》き、目を閉じる。

よけいなことは考えず、ただ矩篤の熱と力強さだけ感じていたかった。

恒が体から強張《こわば》りを解くと、矩篤は慎重《しんちょう》に腰を進めてきた。

圧倒《あっとう》的な嵩《かさ》の勃起《ぼっき》が恒の狭《せま》い通路を押し開き、奥へ奥へと入り込んでくる。

「うう、うっ、……あ、あ、あっ」

少しずつ恒の奥が矩篤で埋《う》まっていく。

恒は苦痛も忘れ、矩篤とようやく一つになれることの感動で涙《なみだ》が込《こ》み上げてきた。

「……恒。……入った」

矩篤の声もいつになく昂《たか》ぶっている。

同じように感じ、感動しているのだとわかって、恒は歓喜《かんき》と幸福感で啜《すす》り泣きし始めた。

十七年間傍《そば》にいたのに、今夜この瞬間《しゅんかん》までお互《たが》いがこれほど必要だったことに気づかなかった自分たちの間抜けぶりにも呆《あき》れるが、それだからこそ尚《なお》、今の悦《よろこ》びが深く大きいのだ。

「動いて、いいよ」

挿入《そうにゅう》したままじっとしているのも辛《つら》いだろうと思って恒がはにかみながら言うと、矩篤は恒の髪《かみ》を指に絡《から》めて愛撫《あいぶ》しつつ、「いや」と気持ちよさそうな声を出す。

「このままでもいけそうなくらい素晴《すば》らしい。きみの中が……私を引き絞《しぼ》ってくれている。もしかして無意識か？」

恒はカァッと赤面し、言葉に詰《つ》まる。

知らず知らず、秘部を収縮させて中に受け入れた矩篤を締《し》めつけていたようだ。矩篤の存在をもっと自分自身で確かめようと、体がはしたなく求めていた。

「どうしよう。おれはきっと矩篤が思っているより淫《みだ》らで欲深かもしれない」

「さぁ、それはないだろう」

矩篤は澄ましたまま、いざというときにはとても意地悪なことを言う。

「私はきみのことを、きみ以上に把握《はあく》している自信がある。慣れたらこういうことが大好きに

なってくれるだろうことも、賭《か》けていい」

「……そ、そんなこと、まだわからないじゃないか」

「早ければ今晩中に答えが出るかもしれないが？」

「知らなかった。矩篤って意外と自信過剰《かじよう》なんだ」

他《ほか》に返す言葉が見つからず、恒が半分皮肉でそう言っても、矩篤はやはり余裕綽々《よゆうしやくしやく》の態度を崩《くず》さない。

恒の腰を抱《かか》え直し、じわじわと穿ったものを抜き差し始める。

たちまち体の奥からこれまで経験したこともない悦楽《えつらく》が湧《わ》いてきて、恒はとめようもなく淫らな声を上げて応《こた》えだした。

「んんっ、あ、あっ、……いやだ、こんな……あっ」

ギシリギシリと二人の動きに合わせてベッドのスプリングが軋《きし》む。

早くも矩篤の言葉通りになりそうで、恒は狼狽《うろた》えた。

夜はまだこれから深くなっていく。

二人が愛情を確かめ合って、法悦を分け合うための時間は十分残されていた。

＊

明け方近くに気を失う感覚で寝入《ねい》ったところまでは覚えている。

昨夜は不幸と幸福が一緒《いっしょ》くたになって恒の元を訪れた。結果、我を忘れてしまうほどの満ち足りた経験をして、かけがえのない相手を手に入れるという、これ以上願っても得られないであろうところに落ち着いた。

恒は矩篤の予測通り、初めての夜にして抱《だ》かれる快感に乱され、何度も何度も矩篤を求めて大胆《だいたん》な姿を晒《さら》してしまった。

思い出すと頭から毛布を被《かぶ》ってベッドから出られない心地《ここち》になる。

だが、実際恒はそれとは別の意味で、朝起きるとベッドを下りられなくなっていた。

「八度は超《こ》えているな……」

恒の額に当てた手を、自分の額に当てて体温を比べた矩篤が、申し訳なさと心配でいっぱいの顔をして重苦しげに呟《つぶや》く。昨晩、どれだけ抱き合っても離《はな》れがたくて、さんざん恒に無理をさせたと矩篤は悔《く》いているのだ。

「ごめん。本当に矩篤のせいじゃないから」

恒は枕《まくら》に頭を深々と埋《うず》めたまま、できるだけ明るく笑ってみせ、矩篤に平気だと示す。だが、矩篤の眉間《みけん》の皺《しわ》はなかなか消えない。恒が無理をしているのがわかるのだろう。

いったいいつから熱が出ていたのか、恒は自分でも気づいていなかった。全身が火照《ほて》っているのは、矩篤との幸福すぎるセックスで昂揚《こうよう》しているせいだと信じて疑いもしなかったのだ。

日頃《ひごろ》は相当に注意深く、観察眼の鋭《するど》いはずの矩篤でさえ、昨晩は理性より欲情が際立《きわだ》っていたらしく、気づかなかったようだ。医者に知られたら、おとなげないと呆れられるに違《ちが》いない。

「一昨日《おととい》から少し無理がたたっていたんだ。その疲《つか》れがいっきに出ただけだと思う」

「取りあえず、今日はここで寝ている方がいい」

「無理だよ」

できることならそうしたいのは山々だったが、恒は今、とても重要な職務を背負っている身だ。しかも、昨晩はそれを途中《とちゅう》で擲《なげう》って、なりふり構わず逃《に》げ出してきた。やってしまったことを悔いても後の祭りだ。

かくなる上は、朝一番にラウルの元へ行き、誠心誠意お詫《わ》びするしかないだろう。それでラウルが恒を許してくれればまだいいが、恥《はじ》を掻《か》かされたとでも怒《おこ》っていて、恒が謝罪したくらいでは気持ちが収まらないとすれば、外務省に抗議《こうぎ》文を出すことも考えられる。そうすると、恒はよくて左遷《させん》、悪ければ懲戒免職《ちょうかいめんしょく》にされてしまう可能性も出てくる。

おちおち寝ている場合ではなかった。

「矩篤、今何時？」

ベッドサイドに腰《こし》を下ろし、体を捻《ひね》って恒の顔を見ている矩篤に聞く。声まで熱っぽくて頼《たよ》りない。こんな情けない有様《ありさま》をラウルに見せるのは、恒にとっても屈辱《くつじょく》だ。まるで当てつけのようではないかと取られても仕方がない。

矩篤は渋々《しぶしぶ》といった様子で、ベッドサイドに置かれた小さな目覚まし時計に目を遣《や》った。

「六時半だ」

「おれ、今すぐ旅館に戻《もど》らないと」

今日の予定は午前七時の朝食からだ。

大急ぎで支度《したく》して、タクシーを飛ばせば、なんとか間に合う。

ふらつく頭を枕から上げ、毛布を捲《まく》って起き上がりかけた恒を、矩篤が逞《たくま》しい腕《うで》で支える。

「無茶をするんじゃない」

珍《めずら》しくあからさまに憤《いきどお》りを含《ふく》んだ声で矩篤に叱責《しっせき》された。

体を起こした途端《とたん》、激しい眩暈《めまい》に見舞《みま》われて、上体をへなへなと崩しかけたところを矩篤に支えられたのだ。矩篤が怒るのは当然だった。

「頼《たの》むから寝てくれ。この体で起きるのは無理だ」

矩篤の苛立《いらだ》ちは、恒にというより、自分自身に向けたものらしい。

昨夜あれほど体をくっつけ合っていたはずなのに、官能を貪《むさぼ》り、行為《こうい》に酔《よ》いしれるばかりで恒の体調に気づかなかった自分に、矩篤は猛烈《もうれつ》に腹を立て、自責の念に駆《か》られているのだ。

恒は早く帰らなくてはと焦《あせ》る一方、矩篤の気持ちも痛いくらいわかるので、どうすればいいのか進退を迷い、困惑《こんわく》した。

全身は鉛《なまり》のように重く、熱による息苦しさと眩暈、そして昨晩恥《は》ずかしながら夢中になりすぎて体の節々や腰が痛むせいもあり、果たして立ってちゃんと歩けるかどうかも怪《あや》しい。

恒は今すぐ起き上がるのを諦《あきら》めて、介添《かいぞ》えに身を委《ゆだ》ねてベッドに横たわり直し、毛布を首まで引き上げられた。

「フロントに氷嚢《ひょうのう》を借りられるかどうか聞いてみる。薬もある程度は常備しているだろう」

「……ごめん」

消沈《しょうちん》した声で謝りながら、恒は仕方がない、せめて熱が少し下がるまでここで休んでいこうと考えた。

朝食の後、ラウルは九時まで散歩と身支度に時間を費やすことになっている。九時十分に旅館の前に迎《むか》えのリムジンが来て、そこから京都観光二日目の日程が始まる。朝食の席は秋保と外務省職員に任せ、恒は九時にリムジンの傍《そば》で待機して、そこでラウルに挨拶《あいさつ》するという運びにもできなくはない。

それならどうにかなりそうだ、と恒は熱でズキズキと痛みだした頭を巡らせた。

昨晩のことを、ラウルも少なからず気にして反省しているに違いない。さっきは最悪のことを考えたが、ラウルは稀《まれ》に自己中心的でわがままな面も窺《うかが》わせるが、基本的には節度を心得、礼儀《れいぎ》を重んじる、心根の優《やさ》しい貴公子だ。よくよく考えれば、これまでラウルがわがままを言い出すのは、決まって恒が絡《から》んでいるときだけだった。もしラウルが恒にさえ普通《ふつう》以上の関心を抱《いだ》かなければ、今回の訪日は至って滞《とどこお》りなく全ての日程を終えられたはずだと思う。

ラウルの気持ちを乱した原因の一端《いったん》は、信じがたいが恒にあるらしい。ラウルは、在エルシア公国日本領事館を通じて得た資料の中に、今回の世話役として抜擢《ばってき》された恒の顔写真とプロフィールがあったのを見て、訪日前から恒に強い興味を抱いていたようだ。

とんだ気の迷いだったと目が覚めたのではないだろうか。恒が夕食の最中《さなか》に飛び出して戻らなかったことについても、不問に付してくれる可能性はおおいにあった。そして、お互《たが》い気まずいことは水に流し、残りの日程をつつがなくこなして惜《お》しまれながら日本を後にするのが、最も賢《かしこ》くしこりを残さないやり方だ。プライベートといいながら、完全なプライベートなどあるはずもない皇太子としての身の置き方を、ラウルも当然受け入れているだろう。

矩篤が書き物机の上にある電話でフロントを呼び出し、恒のためにあれこれ手配してくれる声を聞きながら、恒はそっと目を閉じた。

やはり矩篤と一緒《いっしょ》だと安心する。

病気になっても心強く、きっと大丈夫《だいじょうぶ》だと感じられた。

矩篤が電話を切ったのとほぼ同時に、耳慣れた電子音が響《ひび》き始めた。

「あ。おれの携帯《けいたい》」

一拍遅《いっぱくおく》れて恒が気づき、書き物机の椅子《いす》に掛《か》けられた上着を見ると、矩篤が起きるなと恒を手で制し、ポケットの中で鳴っている携帯電話を取ってベッドまで持ってきてくれた。

秋保からだ。

恒は寝たままの姿勢で確かめて、慌《あわ》てて通話ボタンを押した。

「あ、もしもし、深澤？」

『今どこにいるんですか、柚木崎さん？』

相変わらず冷静そのものの声が返ってくる。恒はなんと答えるべきか迷った。全《すべ》て正直に話すのが最良だとは恒には思えなかった。

きっとラウルは魔《ま》が差しただけだ。恒はそう信じたい。だから、あえて事を荒立《あらだ》てたくはない気持ちが強く働いた。自分にも隙《すき》があったから、あんなことになったのだ。しかし、幸いにも、結果的には何も起こらなかった。恒としてはラウルの名誉《めいよ》を傷つけ、自分の腑甲斐《ふがい》なさまで露呈《ろてい》させる気は毛頭ない。

「ごめん。……実は、櫻庭と一緒にいる」

短時間の間にどうするのか結論を出すよう迫《せま》られた恒は、嘘《うそ》をつく代わりに事実の一部を話さないことで切り抜《ぬ》けることにした。

すぐ横で、矩篤が思慮深げな視線を恒に注いでいる。恒の決めたことに口出しをするつもりはなさそうだったが、いざというときには自分がいくらでも矢面《やおもて》に立つつもりでいるらしいと肌《はだ》で感じられ、傍にいてくれるだけで心強かった。

『そうですか』

べつにそれはたいした問題ではないというように秋保はあっさり受け流す。もっといろいろ聞かれるかと構えていた恒は、拍子抜《ひょうしぬ》けした。だが、秋保ならさもありなんというところだ。本当に他人に無関心な男だ。この場合はかえってそれに救われる。

『昨晩結局部屋に戻《もど》ってこなかったので、どうしたのかと思っていました』

「ご、めん」

そうだ。確かに秋保には電話の一本くらい入れておくべきだった。すっかり気が動顛《どうてん》していた上、珍《めずら》しく矩篤までも自分たちのことで手一杯《ていっぱい》の状態になっていたため、二人ながら、恒が本来あり得ない無断外泊《がいはく》をし、そのために誰《だれ》かを心配させるであろう可能性について、ちらとも頭に浮《う》かべなかった。

こんなふうに淡々《たんたん》として何事もなかったかのように電話してきているが、秋保は秋保なりにずいぶん気を揉《も》んでくれたのではないかと思う。恒は申し訳なさでいっぱいになった。普段《ふだん》は徹底《てってい》した個人主義ぶりを発揮する秋保が、自分から恒の携帯に電話してくること自体、珍しい。しかし、秋保は案外秋保は昨晩のラウルとの揉め事も知っているのではないかという気がした。しかし、秋保からそれを匂《にお》わせることはなく、恒もやぶ蛇《へび》になりそうで確かめられなかった。

『それで、どうしました？』

あれこれ考えてなかなか自分から会話を進めない恒に、秋保が鋭《するど》く聞いてくる。

『もしかして体調でも悪いんですか？　さっきから声に張りがないようですし、なんとなくいつもの柚木崎さんらしくない』

「実は、今朝、熱が出てしまって」

ここはもう意地を張るのをやめて、恒は正直に言った。

秋保と話しているうちに、変に隠《かく》し立てして無理をするより、秋保に状況《じょうきょう》を話して一緒に善後策を考えてもらう方が断然いい気がしてきたのだ。秋保ならきっとうまくやりくりしてくれる。そんな信頼《しんらい》も抱いていた。

『ああ、そんな感じですね。わかりました』

秋保はやはり少しもたじろがず、何がどうわかったのか恒ですら話についていけないほど、簡単に言ってのける。

『櫻庭さんがご一緒なら、病気の方は心配ないですね。柚木崎さんは今日は一日ゆっくり休養してください。殿下《でんか》のご案内は私がします。もしかしなくても殿下は、柚木崎さんがまたしてもご一緒でなくてご不満かもしれませんが、話してわかっていただけない方ではないと思いますので、こちらのことは案じていただかなくて大丈夫です』

「深澤、たぶん殿下はおれが同行できないと聞かされても、何もおっしゃらないと思う」

『……柚木崎さんがそう言うなら、そうなのかもしれませんね』

やはり秋保は、ラウルとの間に何かあったのだと勘《かん》づいているようだ。昨晩恒が部屋に戻らなかったことからして、何もなかったはずはないとわかっているはずだが、それがおおむねどういう事情かも推察しているらしい。

少々バツが悪かったが、秋保がいっさい突《つ》っ込んで聞いてこないのを幸いに、黙《だま》っていることにした。

「本当に今回はいろいろと迷惑《めいわく》ばかりかけて悪いと思ってる。帰京の際に利用する新幹線にはなんとか乗るようにする。殿下には、くれぐれも申し訳ありませんとおれが謝罪していたと、伝えてもらえるかな？」

『もちろんそうします』

秋保にしっかりした声で請《う》け合われ、恒は肩《かた》の荷を下ろせた気持ちになった。

ホッとした途端《とたん》、それまで張り詰《つ》めさせていた気が抜ける。

『新幹線も、もし体の具合が治らずに無理なようでしたら、ずらしていただいて大丈夫《だいじょうぶ》です。梶原統括官《とうかつ》には私から説明しておきます』

秋保の親身な声が身に沁《し》みる。

恒はあらためて、今回の仕事の相方が秋保でよかったと噛《か》み締《し》めた。口が堅《かた》くて飄然《ひょうぜん》としており、いざとなると頼《たよ》れる秋保に、恒は精神面も含《ふく》め、いろいろと助けられている。

通話を終えて携帯電話を矩篤に渡《わた》す。サイドチェストの上に置いてもらうためだ。

「少しはゆっくりできるようになったみたいだな」

恒の受け答えから話の内容を摑《つか》んだらしく、矩篤は恒が何も言わないうちから確かめてきた。

「深澤に甘えることにした」

「ああ」

それがいい、と矩篤も頷《うなず》く。恒が無茶をせずに休む決意をしたため、ひとまず胸を撫《な》で下ろしたようだ。

ピンポン、とドアチャイムが鳴り、矩篤がドアを開けに行った。

フロント係が薬や氷嚢《ひょうのう》などを届けに来てくれたらしく、応対を終えて戻ってきた矩篤の手には、その他《ほか》にも体温計など様々なものがあった。

「熱を測って薬を飲んで、頭を冷やして少し寝《ね》るといい」

矩篤は甲斐甲斐《かいがい》しく恒の世話を焼く。

こういう事は苦手かと思いきや、全然そんなことはない。よく気がつき、慣れていて、恒は昨晩に引き続いて矩篤の新たな一面を知らされた気がした。

「一眠《ひとねむ》りして目が覚めたら、ルームサービスでおかゆを頼《たの》もう。何か胃に入れないと薬が飲めない。食べられるだけ食べてみてくれ」

「ありがとう。矩篤は、今日は何も予定はなかったのか？」

「あると言えばあったが、べつにそれはいい」

矩篤は迷いもせずきっぱりと言う。

「私には他のどんなことより、きみが大切だ」

そしてさらに、今度はいささかきまり悪げに付け足した。

「寝込ませている原因の半分は、私にあるわけだしな」

矩篤にそんなふうに言われた途端、恒は昨晩のあれこれを思い出し、首までじわっと熱くなってきた。

繋《つな》がり合って果てる快感を一度覚えるや、お互《たが》い歯止めが利《き》かなくなって、なかなか体を離《はな》せなかった。最初は動かなくてもいいと恒を労《いたわ》って、殊勝《しゅしょう》に欲望を抑《おさ》えていた矩篤も、恒が気持ちよさそうにする姿を見て、次第《しだい》に昂揚《こうよう》してきたようだ。

抱《だ》き合ってキスしながら、繋いだ腰《こし》を淫《みだ》らに揺《ゆ》さぶり、何度も歓喜《かんき》を極《きわ》めた。

矩篤があれほど精力的な男だとは想像したこともない。いまだに行為《こうい》のうちの半分は自分一人の夢の中で起きた出来事ではないかと疑りたい気持ちだ。

「残業で寝不足だったところに移動して観光して、と体力を使うことが重なって、疲《つか》れが溜《た》まっていただけだよ」

「むろん、それもあるんだろうが」

「さすがにおれも無理が祟《たた》ったみたいだ。昔は一晩二晩徹夜《てつや》しても、どうってことなかったはずだけどね。それからすると、殿下は本当にタフな御方《おかた》だと思うよ」

「確かに。私もとうてい太刀打《たちう》ちできないかもしれない。彼は私に比べて六つも若い。おまけにあの美貌《びぼう》とご身分だ。少しくらい私が焦《あせ》ったとしても無理はないだろう」

「焦った、って……?」

耳慣れない言葉が矩篤の口からぽろりと転がり出て、恒は目を瞠《みは》った。

「……なんでもない」

やはり失言だったらしく、矩篤はむすっとしたまま唇《くちびる》を引き結ぶ。

それ以上はどうあっても何も言ってくれなそうだったが、恒は矩篤の気持ちを勝手に想像し、自然と笑《え》みが浮《う》かんできた。

なんとも信じがたい話だが、矩篤は恒とラウルのことで、嫉妬《しっと》してくれていたらしい。もしかすると、だから普段《ふだん》は義理でもない限りめったに出席しないレセプションに来たのかもしれない。昨夜の事にしても、恒の様子を窺《うかが》おうとして、あんなところまで来ていたのではなかったのだろうか。

考えると少しずつ事情が読めてくる。矩篤が何を考え、何を心配し、何を望んでいたのかが、無表情の顔の下に見えてくる。

恒は矩篤にずっと大切に思われていたのだとまざまざとわかり、いっそう矩篤への愛情を深くした。

胸がきゅっと疼《うず》き、ますます息苦しさが増す。しかし、これは、あえて言うなら幸せ過ぎるがゆえの、甘ったるい苦しさだった。

体温計を脇《わき》から抜《ぬ》くと、熱はやはり八度一分あった。

矩篤が、部屋にサービスとして盛りつけられていた果物皿からモンキーバナナを取ってきて、剝《む》いて食べさせてくれる。小さく千切ったバナナを一つずつ口の中に入れてもらうと、本当に甘やかされている実感が湧《わ》いてきた。

解熱剤《げねつざい》を飲むときは、大胆《だいたん》にも水を口移しで注いでくれた。

起き上がるのは面倒《めんどう》だったので助かったし、キスまでできて嬉《うれ》しかったが、もし誰《だれ》かに見られていたら呆《あき》れ果てられたのではないかと思う。年甲斐もなくべたべたしているようで面映《おもは》ゆかった。

「結婚《けっこん》はしても、恋人《こいびと》は一生作らないつもりだった」

薬のおかげでうつらうつらしだした恒の枕元《まくらもと》で、矩篤が照れくさそうにぽつりぽつりと自分の気持ちを話してくれる。

響《ひび》きのいい声が耳に心地《ここち》よく、まるで子守歌《こもりうた》を聞いているようだ。

「きみ以外の人は欲しくなかったんだ。かといって、きみを堂々と欲しがる勇気も出せずにいた」

今でも、恒とこんな関係になれたことが信じられないと矩篤はしみじみ呟《つぶや》き、嘆息《たんそく》する。

「何が吉《きち》で何が凶《きょう》になるか、案外わからないものだな」

恒も同じように感じている。

恒にとってラウルは、もはや悪ではなかった。それどころか、ラウルにも早く心から好きになってその人以外は目に入らない、必要ないと思える人が現れればいいと願っている。たぶん、身分が身分なのでそう簡単にはいかないのだろうが、ラウルは魅力的《みりょく》なプリンスだ。自分の意志さえ強固なら、どんな障害も乗り越《こ》えられるに違《ちが》いない。ラウルは、敷《し》かれたレールの上を歩くばかりでは嫌《いや》なタイプのような気がするので、あえて障害の多い恋を選びそうな予感がする。困難があればあるほど燃え上がるタイプだ。まだ恒は、たかだか四日分しかラウルを知らないが、おおむね当たっているだろう。

「恒。……寝たのか?」

目を閉じて、しばらくじっとしていたせいか、矩篤は恒が寝入ってしまったものだと思ったようだ。

そっと頰《ほお》を撫でられる。

気持ちよさに声を洩《も》らしそうになったが、起きているとわかると照れくさくて、じっとして眠っているふりをした。

矩篤の指先は少し冷えていて、熱のある恒には心地いい。

もっと触《さわ》って、矩篤が傍《そば》にいることを感じさせ続けてほしかった。

「罪作りな顔をして。私はきみの寝顔に惑《まど》わされっぱなしだ」

矩篤がぼそりと意外な告白をする。

知らなかった。

矩篤の傍で寝込んだこと自体は、学生時代、それこそ数限りなくあったと思う。しかし、矩篤にこんなふうにじっと見つめられていたなど、まるで与《あずか》り知らぬ話だ。

恥《は》ずかしい。

自分ではどんな寝顔をしているのかわからないだけに、めちゃくちゃ恥ずかしかった。

気持ちが動揺《どうよう》しているせいか、顔の筋肉が引きつり、ピクンと頬肉が動く。

このまま寝たふりをし通すのが難しくなってきて、恒はたった今、また目が覚めたことにして起きようかと思いかけた。

その矢先、唇に温かくて柔《やわ》らかなものが押し当てられてきた。

矩篤の唇だ。

まったく予期していなくて、恒はびっくりした。あと少しで声を上げ、目を開くところだった。そうしなかったのが奇跡《きせき》のようだ。しばらくは心臓が乱打していて、毛布の下の胸が起きていると気づかれないのが不思議なくらいだった。矩篤自身、自分の大胆さにさすがに冷静でいられず、恒の様子に気づく余裕《よゆう》をなくしているのかもしれない。

眠《ねむ》っているはずの恒を相手に、矩篤は舌先で唇の縁《ふち》を辿《たど》ったり、そっと啄《ついば》んだりと、長いキスを続ける。

愛している、愛している、と繰《く》り返されているかのような、熱っぽいキスだった。

あまりの幸福感と気持ちよさに、恒はうっとりしてきた。

もっともっとこんな時間が続けばいい。

熱が引きさえしたならば、起き上がって矩篤をベッドに引きずり込み、昨晩の続きをたくさんしてやるのに——。そんなふうにさえ思う。

いや。それはさすがに不謹慎《ふきんしん》だ。

恒は夢見心地で反省する。

そんなことをすれば、自分の分までラウルの接遇《せつぐう》をしてくれている秋保に、あまりにも申し訳ない。

どうやらこのあたりから恒はすでに夢の中に足を踏《ふ》み入れていたようだ。

いつの間にか意識が薄《うす》れて本当に眠ってしまっていた。

そして、次に目覚めると、午前十時を回ったところだった。

Ⅵ

矩篤の愛情に満ちた看護のおかげで、無事恒は新幹線に乗車する前にラウルや秋保たちと合流できた。

矩篤といったん別れなければならなかったのは寂《さび》しかったが、すぐにまた東京で会えると思えば、我慢《がまん》できた。フランス駐在《ちゆうざい》中は丸二年会わなくても平気だったのに、たかだか数時間離《はな》れていることすら辛《つら》くなるとは、嘘《うそ》のようだ。不思議で仕方ない。自分が別人になった気さえする。

駅のVIP用に設けられた特別待合室《まちあい》で、恒はラウルに深々と頭を下げた。

「不摂生《ふせっせい》がたたり、肝心《かんじん》のところで寝込《ねこ》んでしまうような腑甲斐《ふがい》ない失態をお見せしまして、本当に申し訳ありませんでした」

アイボリー色のスーツをアスコットタイで粋《いき》に着こなしたラウルは、組んでいた足を下ろすと、恒をどこか揶揄《やゆ》するような目で見つめ、ふわりと屈託《くつたく》なさそうに笑った。

どうやら怒《おこ》ってもいなければ、不機嫌《ふきげん》でもない。昨晩ラウルを押しのけて逃《に》げたことを、根に持ってもいないようだった。

「無事にまた僕の前に姿を見せてくれたから、もうそれだけで今は十分だ、恒」

ラウルは本気でそう思っているのが伝わる神妙《しんみょう》な口調で言った。

「いろいろとすみませんでした」

ラウルが少なからず反省しているのだと感じとれた恒は、あらためて昨晩の無礼を詫《わ》びた。

押し倒《たお》されてキスされたのに驚《おどろ》いて、抗《あらが》って逃げたことはともかくとして、その前に感情を昂《たか》ぶらせたまま遠慮《えんりょ》も何もなくぶつけてしまった言葉は反省している。いかにプライベート色が濃《こ》い訪日とはいえ、満を持して接遇に当たるべき職務にありながら、国賓《こくひん》を相手にあそこまで言うべきではなかったと後悔《こうかい》していた。

だが、自らの行動を悔《く》いている点においては、ラウルも恒と同じくらい反省しているようだった。

「いや。僕はいっさい気にしていないよ。これは本心だ。だからもう辛気《しんき》くさい顔をするのはやめないか」

「はい。ありがとうございます」

「もういいから、きみもそっちに座りたまえ」

ラウルは自分と向かい合う位置にある、秋保の隣《となり》に空いた椅子《いす》を恒に勧《すす》めた。

「まだ病《や》み上がりの顔色をしている」

恒はそこまでラウルに気遣《きづか》われ、恐縮《きょうしゅく》した。

室内には、恒たち三人と側近のジェンス以外の姿は見当たらない。SPはドアの外で待機しているが、他《ほか》の外務省スタッフや侍従《じじゅう》長を筆頭とする公国側の面々は、ラウルの意向で全て部屋から出された模様だ。もしかすると、これも、恒と腹を割った話をする必要があったときに備え、ラウルが配慮《はいりょ》したのかもしれない。

恒が椅子に座ってしばらくの間、誰《だれ》も口を開こうとせず沈黙《ちんもく》が続いた。

秋保はもともと、こういう場合ほとんど喋《しゃべ》らない。ラウルも今日はどちらかといえば口数が少なかった。恒に対して悪いと思う気持ちが先に立ち、めったなことは言えないと自重しているのだろうか。

黙《だま》っているのが気詰《きづ》まりだとまでは思わなかったが、せっかくこうしてどこに話が洩《も》れる心配もしなくてよさそうな四人だけでいるので、恒はもう少しラウルと話をしてみたくなった。

「……本日の観光は、お楽しみいただけましたか?」

当たり障《さわ》りのないところから聞いてみる。

ラウルはちらりと秋保に視線を流し、ニヤリと小気味よさそうに微笑《ほほえ》んだ。

「楽しかったよ。秋保の博識ぶりには実に感心した。何を聞いても答えるんだ。最後は僕も意地になってあれこれ聞いてばかりいたよ」

「そ、そうですか。楽しかったとおっしゃっていただけるのでしたら、何よりです」

今日は三十三間堂《さんじゅうさんげんどう》や清水寺《きよみずでら》などを中心に巡《めぐ》っているはずだ。

秋保がどんな博識を披露《ひろう》してラウルを悔《くや》しがらせたのか、恒もぜひ聞きたかったと思う。

これは恒の勝手な思い込みかもしれないが、ラウルと秋保は一緒《いっしょ》にいる時間が長くなるにつれ、親密度が増している気がした。最初の頃《ころ》は、お世辞にもラウルは秋保に友好的とは言えず、恒にばかり話しかけて秋保を無視するため、どうしようかと困惑《こんわく》したものだが、五日経《た》った今日の様子を見ると、言葉や目線は頻繁《ひんぱん》に交《か》わさないのに、しっとりと馴染《なじ》んだとてもよい雰囲《ふんい》気《き》が二人の間に存在するのが感じられる。

もしかすると、明日の帰国の際、ラウルが最も別れがたく思うのは、秋保なのではないかという予感さえした。

「結局、きみと一緒に観光できたのは昨日一日だけだったな。いや、責めているんじゃない。どちらかといえば僕は、自分の不徳が招いたことを残念がっているだけなんだ」

発言の途中《とちゅう》で、恒が申し訳ないという顔をしたのに気づき、ラウルは先回りして言葉を足した。

ラウルは、恒を見ているようでいて、どこかもっと遠くを見る目をして、続けた。

「昔から僕は無い物ねだりというか、望んでも手に入れることが困難なときに限って熱心になる困った癖《くせ》があるようだ。恒、きみのこともまさにそれだったな」

「ラウル……」

どう相槌《あいづち》を打てばいいのか考えてしまい、恒は当惑《とうわく》気味にラウルの名を呼んだ。

大きな絵画を背にして直立不動の姿勢でいるジェンスに、皇太子殿下《でんか》を馴れ馴れしく呼び捨てにしていると咎《とが》められ、ジロリと睨《にら》まれでもしたら、肝《きも》が縮みそうだ。秋保には「殿下」と普通《ふつう》に呼ばせているようなので、自分だけというのがなんとも言い訳のしようがない。

ラウルはにっこり満足げに唇《くちびる》の端《はし》を上げた。

「あんな事があった後でもきみが僕をちゃんとそう呼んでくれて嬉《うれ》しいよ、恒」

「わたしももう、気にしていませんから」

「そう言ってもらえると、僕も本当に心が落ち着く。おかげで後腐《あとくさ》れなく日本を発《た》てるというものだ」

「……ぜひまた、プライベートでお越《こ》しの節には、ご挨拶《あいさつ》させてください、ラウル」

「もちろん、そうさせてもらうつもりだ」

ラウルは青い瞳《ひとみ》を輝《かがや》かせ、恒の言葉を本心から喜んだようだった。

「もう二度ときみの気持ちを無視したまねはしない。約束する」

あらためてラウルがきっぱりとした調子で恒に誓《ちか》う。さすがは皇太子殿下で、こういう真摯《しんし》な言動をするときには、冒《おか》しがたい気高さと圧倒《あっとう》的な押しの強さ、そして強烈《きょうれつ》なオーラが醸《かも》し出る。絶対にこの言葉に嘘《うそ》はないと目の前で言われ、恒は気圧《けお》されながらも頷《うなず》いた。

「それにしても、今回の収穫《しゅうかく》はなんといっても蠟燭《ろうそく》能の舞台《ぶたい》だった」

ラウルがさらりと矩篤の絡《から》んだ件に触《ふ》れてくる。

恒は一瞬《いっしゅん》ドキリとして胸を不穏《ふおん》に騒《さわ》がせかけたが、ラウルが真面目《まじめ》に感心しているようだったので、この後話がどんな流れになるとしても、腹を括《くく》って付き合うことにした。

「僕はいまだに不可思議でたまらない。あの舞台で見る矩篤は、まさしく女性そのものだった。特に前シテのときだ」

ラウルはきちんと能の用語まで覚えている。

本当に日本の文化に高い関心を持っているのだなと感心させられた。

「それなのに、舞台を下りたところを見ると、どこからどう見ても立派な男だ。背丈《せたけ》も肩幅《かたはば》も手も足も、僕と比べたところで遜色《そんしょく》ないほど見栄《みば》えがする。あえて言えば、能面で隠《かく》していた顔は、ずっと鼻筋が通っていて端整《たんせい》で、男にしておくのは惜《お》しい気もするが、かといってきみみたいに華奢《きゃしゃ》な美しさとは無縁《むえん》だろう。なんとも納得《なっとく》がいかないよ」

「どのあたりが、納得がいかないのですか……？」

言わんとすることはわかるのだが、何がそう理解できないのかわからずに、恒は首を傾《かし》げた。

お能は幼い頃から祖母に連れられてよく見ているが、役者の芸をそんなふうに訝《いぶか》ったことはない。それは自分が底の浅い見方をしていたからだろうかと、情けなくも外国人であるラウルに教えを請《こ》いたい気持ちになったのだ。

ところが、ラウルはべつに高尚《こうしょう》な意味で言ったわけではないらしく、ニヤニヤと苦笑いし始めた。

「端的《たんてき》に言えば、そういう相手にきみを奪《うば》われたことかな」

返事を聞くなり恒はじわっと赤くなり、顔をおもむろに俯《うつむ》けた。

やはり、昨晩あれから恒がどこにいったのか、今日一日、誰《だれ》に見守られて伏《ふ》せっていたのか、ラウルは勘《かん》づいていたようだ。それだけならべつに聡《さと》いというほどではないが、ラウルの冷ややかすような眼差《まなざ》しには、二人が昨晩初めて結ばれたことまで察しているのがくっきりと出ていた。恒はそれに気づいて赤面し、顔を上げられなくなったのだ。

「まぁ、こうなった以上、僕もきみたちを応援《おうえん》するよ。少々不本意だがね」

いっそさばさばしたようにラウルは潔《いさぎよ》さを示すと、長い足を組み替《か》えた。

恒は恐縮《きょうしゅく》して「はい」と聞こえるか聞こえないかというくらいに返事をするのがやっとだ。

「それにしても、この五日間は早かった」

ラウルがしみじみと言う。

すっと目を細め、十三日に成田に降り立ったときから今までを反芻《はんすう》するような表情をするラウルを見て、恒はラウルがこの滞在《たいざい》をそれなりに楽しみ、有意義だったと思っているのを感じ取り、自分自身も充足感《じゅうそくかん》を覚えた。

精神的にも肉体的にも疲弊《ひへい》する仕事だったが、やらせてもらえてよかった。

ラウルのわがままに振《ふ》り回されたときには正直辟易《へきえき》し、怒《いか》りも感じたが、それも全部引っくるめて、最終的にはいい思い出だけが記憶《きおく》に残りそうだ。旅館で変なことにならなくて本当に幸いだった。ラウルのためにも恒は改めてひしひし思う。

「もう、明日がご帰国の日になるんですね。いろいろ至らない点が多くて、それを挽回《ばんかい》する暇《ひま》もなかったのが心残りです」

恒は率直《そっちょく》な心境を告げた。

「次はぜひきみたちが我が大公国を訪ねてくれ」

ラウルが改まった口調で言う。

「機会がありましたら必ず」

「なに。機会なんかいくらでもあるさ。なければ作ればいいだけだ」

相変わらずこういうところは強引《ごういん》だ。ラウルなら確かにそうするだろう。これはどうやら、いずれ本当に行くことになりそうだという予感がした。

「秋保、もちろんきみもだ」

それまでずっと黙《だま》って話を聞いているだけだった秋保にも、ラウルが話を振る。

秋保はラウルを真っ直ぐ見て、「ありがとうございます」と丁寧《ていねい》に受けた。

ラウルはしばらく、探《さぐ》るような眼差しで秋保を見据《みす》えていたが、やがてフッと視線を逸《そ》らした。秋保もそんなラウルをじっと見つめている。

傍《そば》から見ていても、妙《みょう》に意味ありげな二人の様子に、恒はもしかすると自分がいない間に二人にも何か起きたのかもしれない、という推測を募《つの》らせた。

だが、秋保のポーカーフェイスからはもちろん、ラウルの眼差しからも、恒には具体的なことは何も窺《うかが》い知れなかった。

まだもう少し話していたい気もしたが、そろそろ新幹線が入線する時刻だ。

恒は腕《うで》時計を確かめて、「失礼します」と一言断り、椅子《いす》を立った。

表に出てSPと目を合わせ、さらに外の様子を確認《かくにん》してから再びラウルのもとに引き返す。

「では、そろそろお時間ですので」

「心地《ここち》のいい時間ほど過ぎるのが早い。理不尽《りふじん》だ」

ラウルは不服めいた科白《せりふ》を零《こぼ》しつつ、まったく退屈《たいくつ》している暇もなかったというように笑顔《えがお》で立ち上がると、やはり椅子を立ってきた秋保の肩《かた》を、実に自然に、さりげなく、ぽんと一叩《たた》きした。

「行こうか」

ラウルの脇《わき》にジェンスがつき、部屋を出てからはSPたちがさらにその周囲をガードする。先頭には外で待っていた梶原が立ち、ラウルをホームまで案内する。恒と秋保は後ろからついていく。

靴音《くつおと》をさせて通路を歩いていきながら、恒は夕刻には無事東京に戻《もど》れそうでよかったと思った。これでまた一つ大きな仕事を終えた気分だ。身が軽くなる。

矩篤は今、何をしているのだろう。恒は通路を歩いていきながら、仕事中ではあったが、ちらりとだけ矩篤を想《おも》った。

何事もないかのように歩いているように見えて、実は恒は一歩足を動かすたびに、腰《こし》の奥深くに疼痛《とうつう》を覚え、否応《いやおう》もなく矩篤との熱い交歓《こうかん》を思い出させられていた。

ここに矩篤のものが入り込み、恒の狭《せま》い内側をみっしり埋《う》め尽《つ》くしていたのだ。

一度や二度ではなく同じ行為《こうい》を繰《く》り返し、夢などではないとお互《たが》いに確かめ合っておきながら、なお恒は頭の片隅《かたすみ》で本当だったのだろうかと疑っている。

あれほど満ち足りて、幸せを感じられた時はかつてなかった。

なぜもっと早く己《おのれ》の気持ちに気づき、求めなかったのか、恒は悔《く》やんでいる。矩篤にずっと感じてきた説明のつかない想いが恋《こい》だったのだと今の今まで気づかずに過ごしてきたとは、我ながら信じがたい。鈍《にぶ》すぎるにもほどがある。

矩篤は恒たちよりも先に東京に戻る。

時間的に見て、矩篤の乗った新幹線は、今、名古屋を通過したあたりだ。

夜には電話をくれると矩篤は恒に約束した。

今夜は早く帰って部屋で矩篤からの電話を待ち、心ゆくまで二人で話したい。恒には矩篤と話したいことがまだまだ山ほどある。

「柚木崎さん。本当に大丈夫《だいじょうぶ》ですか？」

矩篤に想いを馳せて心を弾《はず》ませていたところに、肩を並べた秋保から恒の体調を心配する言葉をかけられ、恒は慌《あわ》てて気持ちを引き締《し》めた。

「お陰様《かげさま》で熱も引いた。今回のお礼と埋め合わせは必ずするよ」

「埋め合わせなど、べつに必要ありませんけど」

秋保は恒が大丈夫なのなら問題ないとばかりに淡々《たんたん》としている。

こうして秋保一人を見ている限り、べつに何事も変わった様子はなかった。

「いよいよ明日が、最後ですね」

ただ、珍《めずら》しくそんな感慨《かんがい》深いことを口にして、大股《おおまた》のラウルたちに追いつくように若干《じゃっかん》歩幅《ほはば》を大きくしたところには、意外さを感じてしまうのだった。

＊

ゴウゴウとエンジン音を響《ひび》かせて、頭上を飛び去る航空機を、エプロンに立って振り仰《あお》ぎ、見送る。

エルシア公国王室専用機だ。

半時間前、恒と秋保は外務省幹部職員たちの成す列の末尾《まつび》に並び、ラウル以下公国関係者が搭乗《とうじょう》する場に立ち会った。

機内に入る直前、タラップで立ち止まって見送りの面々ににこやかな顔で手を振り、感謝の投げキスをしていったラウルの、皇太子然とした姿が脳裏《のうり》にまざまざと甦《よみがえ》る。

ラウルはずらりと居並ぶ人々の中から、恒と秋保の姿を見つけ、視線を合わせてくれた。

「長いようで短い六日間でしたね」

秋保の言葉に、恒もまさしく、と頷《うなず》いた。

「今度はおれたちがエルシア公国に行く日が来るかもしれないな」

「さぁ、どうでしょう」

秋保はラウルの残していった言葉を、単なる社交辞令だと受けとめているらしい。いかにも本気にしていなそうな調子で、そっけない相槌《あいづち》を打つ。だが、もしラウルから本当に招待されれば、やぶさかでなさそうだ。恒が心持ち長く秋保の顔を見ていたせいか、秋保は心地《ここち》悪げに視線を彷徨《さまよ》わせた。まるで恒に心の奥を見透《みす》かされるのを恐《おそ》れでもしているかのようだ。

「それより、あなたは今からどうされるんですか」

珍しく秋保からプライベートな質問をしてきたのも、恒の関心を余所《よそ》に逸《そ》らしたがってのことだと思える。

今日は月曜日だが、恒は土日ずっと働いた分の振り替《か》えの休日を取って、午後から明日にかけて休むことにしていた。

「……聞くまでもないですか」

恒が答える前に、秋保はぼそりと呟《つぶや》き、勝手に納得《なっとく》する。秋保の視線は三十メートルほど先の、空港ビルの屋上にある展望デッキに向けられていた。ふと見上げたデッキの真ん中に、羽《は》織袴《おりはかま》姿の矩篤を見つけたからのようだ。確かに、矩篤は遠目にも見間違《みまちが》えようがなくわかる。とにかく姿勢がよくて、すっとした立ち姿に独特の存在感があった。

「き、きみは？」

矩篤もラウルを見送りに来ていたと知られ、聞くまでもないと冷やかされた恒は、気恥《きは》ずかしさを隠《かく》すため、同じ問いを秋保に返した。

「私は自宅で猫《ねこ》の相手でもします」

秋保は適当なのか本気なのか、どちらともつかぬことを言って軽く肩《かた》を竦《すく》めると、それじゃあ、と恒に会釈《えしゃく》し、先に行ってしまった。

やはり摑《つか》めない男だ……。恒は秋保の後ろ姿がビルディングの出入り口を潜《くぐ》って中に消えるまで、ずっと見ていた。

秋保を見送った後、恒は展望デッキをもう一度仰ぎ見た。

矩篤はまだ立っている。

しかし、空を眺《なが》めているのではなく、地上にいる恒を見下ろしていた。

何となく照れくさい。

相当な距離《きょり》があるのだが、目と目が合って、矩篤がすっと手を挙げて、今から下りていく、というジェスチャーをした。

これから恒と矩篤は久々に一緒《いっしょ》に街をぶらつき、食事をして帰る予定だ。

帰る先は、どちらの家でもなく、都内のホテルだった。

そのことを考えると、今から心臓の鼓動《こどう》が速くなる。

まったく、みっともないくらいの浮《う》かれ具合じゃないか——恒は我ながら面映《おもは》ゆくなりながらも、しみじみ幸せを噛《か》みしめる。

そして、どうしようもなく微笑《ほほえ》みを浮かべてしまう締《し》まりのない顔をぎゅっと引っ張った。

＊

「殿下《でんか》、シャンパンをお持ち致《いた》しました」

空港を離陸《りりく》した王室専用機の中で、日本滞在《たいざい》中にあったあれこれを反芻《はんすう》しながら自然と頬《ほお》を緩《ゆる》ませていたラウルのもとに、ジェンスが恭《うやうや》しくモエのロゼ・シャンパンを運んでくる。

「ああ、ありがとう」

ラウルはグラスを受け取り、雲しか見えない小窓の外を眺めつつ、お気に入りのシャンパンをゆっくりと味わった。

「日本か……」

六日という短い間ではあったが、想像した以上に有意義で楽しく過ごせたものだ。出立《しゅったつ》する際、これほど名残惜《なごりお》しい気持ちになるとは、訪日前には思いもしなかった。得ようとして得られなかったものへの未練が残っているせいだろうか。

「まぁ、しかし、僕はまだ諦《あきら》めたわけではないからな」

ふと本音が口を衝《つ》く。

ラウルは十分本気だった。

さて、どんなふうに仕組んだら、恒と秋保をエルシア公国に招待し、再び胸の躍《おど》る日々を過ごせるだろう。

考えを巡《めぐ》らせるだけで、ラウルは当分退屈《たいくつ》せずにすみそうだった。

＊

櫻庭邸《てい》の堂々とした門扉《もんぴ》を潜り、前庭に足を踏《ふ》み入れたところで、恒は櫻庭夫人と鉢合《はちあ》わせした。

「こんにちは、おば様。お邪魔《じゃま》します」

「あらあら、恒さん。こんにちは」

お辞儀《じぎ》をして礼儀《れいぎ》正しく挨拶《あいさつ》した恒に、上品な訪問着を召《め》した夫人も目を細めてにっこりする。先月会ったときには、「柚木崎のお坊《ぼっ》ちゃま」と夫人に呼ばれてこそばゆかったことを思い出す。矩篤が「その呼び方はいい加減やめた方が」と母親にさらっと意見したそうだ。それでさっそく改めてくれたらしい。

「矩篤とお約束ですか？」

わざわざ足を止めて訊《たず》ねられ、恒は「はい」とにこやかに返事をする。

「残念だわ。私、これから出かけるところなんですのよ」

「どうぞお構いなく。ちょっと仕事絡《がら》みの用事もあって寄らせていただいただけですから」

「まぁ、そうでしたか。ご苦労様です。どうぞ、ごゆっくりしていらしてね」

「ありがとうございます」

「また今度ぜひお話させていただきたいわ」

何度も丁重に頭を下げて擦《す》れ違っていく夫人を見送り、恒は玄関《げんかん》に向かった。

国賓《こくひん》の接遇《せつぐう》という大役を無事務め上げ、通常業務に戻《もど》って早二週間近くが経《た》つ。

長い間、矩篤が自分にとってどういうポジションにいるのか定めきれずにいた恒だが、蠟燭《ろうそく》能の夜を境に世界がいっきに反転し、いかに矩篤を求めていたのかを知らされた。

以来、どうかしてしまったのではないかと不安になるほど、いつもいつも矩篤のことばかり考えている。それまではたとえ一ヶ月声を聞かなくても平気だったはずなのに、最近は毎晩一言でもいいから話したいと切望して、電話から意識が逸《そ》らせない。矩篤にもそれと似た気持ちがあるのか、電話は不得手にもかかわらず、以前に比べると驚《おどろ》くほどこまめにかけてくるようになった。

だが、お互《たが》い多忙《たぼう》であるには変わりないため、電話はできても顔を合わせる機会はなかなか作れずにいた。今日は久々に会えるのだ。

夫人にも言った通り、たまたま仕事上の用件もあった。数日前、エルシア公国在日領事館を通じ、ラウルから正式なお礼状が届けられたのだ。そこに、蠟燭能に感動したというコメントがひとしきり長くしたためられていた。恒は梶原統括《とうかつ》官から、矩篤に渡《わた》してほしいと頼《たの》まれてお礼状の複写を預かってきている。

矩篤は玄関まで恒を迎《むか》えに出てきてくれていた。

着流しで、袖《そで》の袂《たもと》に手首を入れ胸の前で腕組《うでぐ》みして立つ矩篤に、恒はじんと胸が熱くなった。ただ静かに佇《たたず》んでいるだけだが、全身に震《ふる》えが走るほどかっこいい。いつも通りに落ち着き払《はら》い、穏《おだ》やかな笑みを浮かべた顔を見上げ、恒はこくりと喉《のど》を鳴らしていた。

「久しぶり」

矩篤は悔《くや》しくなるほど冷静だ。少なくとも、外見からはそう感じられた。前に会えたのは、それこそラウルの出立を見送った後、こんな関係になって初めてデートしたときだ。にもかかわらず、ずっと会いたくてたまらず、せつない気持ちでいたのは恒だけだったのかと思うくらい矩篤は涼《すず》しげな表情をしている。

「会いたかった」

意地を張って自分も平静なふりをしようかと一瞬《いっしゅん》頭を掠《かす》めたが、本音が先に口から零《こぼ》れてしまった。恒はこういう駆《か》け引きには不向きな性格のようだ。

矩篤が嬉《うれ》しげに目を細め、より深く大きな笑顔になる。

「私もだ。そろそろ会わないと我慢《がまん》の限界だった」

「本当？」

思いがけず矩篤から熱の籠《こ》もった言葉が聞けて、恒はドキドキした。疑うわけではないのだが、聞き間違いでなければいいと思って確かめる。

「ああ」

矩篤ははぐらかさずにしっかりと頷《うなず》いた。

そして、じっと恒の瞳《ひとみ》を見つめてくる。

「明日は日曜だ。……泊《と》まっていけるだろう？」

恒としても、できればそうしたかったところだ。道々、矩篤と一晩中一緒《いっしょ》にいたいと望んで来た。それをどうやって矩篤に言おうかと頭を悩《なや》ませていたのだ。実は、庭先で夫人《ふ》が外出するところに行き合わせたときから、もしかすると今日は矩篤しかいないのかもしれない、と不謹慎《きんしん》にもしばらく二人きりでいられることを期待してもいた。

「べつに、今夜この家にいるのが私だけだから言うわけじゃない。誰《だれ》がいようと、きみを帰らせるつもりはなかった」

重ねて率直《そっちょく》に告げられ、恒は目を瞠《みは》った。

いざとなると矩篤の方がよほど潔《いさぎよ》くて大胆《だいたん》かもしれない。予想外の成り行きに幸福感が込み上げる。矩篤の真摯《しんし》な眼差《まなざ》しに体中を溶《と》かされそうだ。

矩篤の後に従い、離《はな》れにある矩篤の居室に行く。

すっと背筋が伸《の》びた、肩幅《かたはば》の広い背中を目にして、恒は初めて矩篤に抱《だ》かれた夜を思い出した。腕《うで》を回して抱き締《し》め、爪《つめ》を立てて縋《すが》りついた背だ。

淫靡《いんび》な震えが全身を駆け抜《ぬ》ける。

部屋に入ると、恒は後ろ手に襖《ふすま》を閉《た》てきり、正面に向き直った矩篤に自分から抱きついた。

「恒……」

矩篤が開きかけた唇《くちびる》を、恒は黙《だま》って、と言う代わりに塞《ふさ》いだ。

すぐに矩篤はキスに応《こた》えてくれた。

唇を吸い、隙間《すきま》から舌を忍《しの》ばせ、唾液《だえき》に濡《ぬ》れた口の中を舐《な》められる。

「……んっ……あ、……ん」

キスが深くなるに従い、恒は自然と矩篤に抱きつく腕に力を込めていく。

自分で誘《さそ》っておきながら、早くも頭の芯《しん》が痺《しび》れ、酩酊《めいてい》してきた。

舌を搦《から》め捕《と》られて強く吸い上げられ、ぞくぞくする快感が生じる。

恒は「あぁ、っ」と艶《なま》めいた声を上げ、がくんと膝《ひざ》を崩《くず》した。

「もう降参？」

矩篤が色気の滲《にじ》む声で耳元に囁《ささや》きかける。

「……意地が悪い……、矩篤」

恒は矩篤の胸にしがみついて身を任せ、恨《うら》めしさに濡れた唇を尖《とが》らせた。

「ああ」

矩篤は否定しない。

うっすらと微笑《びしょう》しながら、優《やさ》しく愛情の籠もる手つきで恒の後ろ髪《かみ》を撫《な》でつける。腰《こし》はしっかりと左腕で抱き支えられていた。

「きみも後悔《こうかい》していないんだろう？」

「してない。もちろん」

頭皮を撫でられる心地《ここち》よさにうっとりしながら恒は迷わず返した。

こんなふうにされていると、先に用件を済ませようと思っていたことなど忘れてしまいそうだ。ここでラウルの話を持ち出すのはあまりにも不粋《ぶすい》な気がして切り出しにくい。だが、矢も楯《たて》もたまらず矩篤に抱きつき、こういった雰囲気《ふんいき》に持ち込んだのは恒だ。矩篤の前では理性が情に流される。好きの証拠《しょうこ》に違《ちが》いない。

表面上は至極《しごく》冷静に見える矩篤も、実際は余裕綽々《よゆうしゃくしゃく》というわけではなさそうだ。

恒の体をきつく抱き竦《すく》めたまま、再び唇を塞いでくる。

優しく舐めて吸い付かれ、気持ちよさに恒はあえかな息をついた。

「ずっと会いたかった。しかし、きみのためを思うと、このくらいの頻度《ひんど》の方がいいのかもしれない」

「どうして？　どういう意味？」

会えるものなら毎日でも会いたいというのが恒の偽《いつわ》らざる気持ちだ。矩篤がこんなふうに言うのが恒には理解できず、にわかに不安を感じる。

恒の心の揺《ゆ》らぎが矩篤にも伝わったのか、矩篤はすぐに言葉が足りなかったのを反省するように顔を顰《しか》めた。

いささか気恥《きは》ずかしげな目をして、じっと恒を見つめる。

「会えば……きみを押し倒《たお》さずに帰らせてやるのが難しいだろうからだ」

またもやごまかしのない答えをもらい、今度は恒が自分の鈍《にぶ》さに照れくさくなる番だった。

「……矩篤って、案外……大胆なんだ……。知らなかった」

「ああ。きみにはまだまだ知らせていない私がたくさんいるかもしれない」

「おれのことだって同じだと思う」

「さぁ、それはどうだろう」

矩篤は、恒のことならなんでも知っていると言わんばかりに、自信に満ちた顔をする。

「私はずっときみだけ見てきた。本当だ」

恒のことを語るとき、矩篤はいつもよりずっと饒舌《じょうぜつ》になる。まるで塞《せ》き止めていた十七年間にわたる想《おも》いが迸《ほとばし》るようだ。

「それにしても、私も少しがっつきすぎだな」

矩篤はゆっくりと、いかにも名残惜《なごりお》しげに恒の体に回していた腕を解く。

「お茶でも飲んで、会えずにいた間のことを話そう。きみの預かってきた用事も聞かなくてはいけない。……時間はまだ十分あるのだし」

確かにそれも一理あったが、恒はあえて矩篤に寄せた身を離さず、首を振《ふ》る。

「夜まで待てない」

「恒」

珍《めずら》しく矩篤が戸惑《とまど》った声を出す。

「おれが好きならそんなふうに理性的になる必要なんかない。そうだろう、矩篤？」

恒は僅《わず》かに潤《うる》んできた瞳《ひとみ》を向け、欲情しているのを隠《かく》さずに、熱っぽい調子で矩篤を口説いた。

「奥の部屋に連れていって」

まだ正午を過ぎて間もない時刻なのはわかっているが、恒は遠慮《えんりょ》する気になれなかった。

体が火照《ほて》っていて、このままでは静まりそうにない。

常識も、ラウルのことも、この際後回しにしていい気がした。何より、矩篤も恒を欲《ほっ》していることは、隠しようもない腰の昂《たか》ぶりから明らかだ。

「悪い男になったものだな、きみも」

負けたとばかりに矩篤が苦笑する。だが、否《いな》とは言わなかった。

「愛してる」

自然と告白が口を衝《つ》き、恒は自分で言葉にしておきながらじわっと首筋まで赤くなるのを感じた。

「ああ」

矩篤の短い相槌《あいづち》は、ときに数百数千の言葉より雄弁《ゆうべん》だ。

恒は深く愛されている確信を持ち、幸せを嚙《か》みしめながら、矩篤に腰を抱かれて奥にある寝《しん》室《しつ》に連れていかれた——。

あとがき

ルビー文庫さんでは初めまして。遠野春日と申します。

このたびは「秘めた恋情を貴方に」をお手に取っていただきまして、どうもありがとうございます。

寡黙《かもく》な能楽師と御曹司《おんぞうし》外務省職員（外交官）、金髪碧眼《きんぱつへきがん》の美形皇太子（エルシア公国という架空《かくう》の国の）、メガネをかけた語学のスペシャリスト、などなどが繰《く》り広げる話、お楽しみいただけましたでしょうか。

このお話は、今まで書いたことのない世界を華《はな》やかさを加えつつ描《えが》きたい、ということで、担当様とご相談した結果生まれたものです。歌舞伎《かぶき》はちょくちょく鑑賞《かんしょう》していても、お能の舞《ぶ》台《たい》を本格的に観《み》たことはなく、外務省職員が具体的にどんな仕事をしているのかも把握《はあく》していないという状態から、集めた資料を頼《たよ》りに書き上げたわけですが、うまく雰囲気《ふんいき》が伝わっていれば幸いです。

ご意見やご感想等、ぜひお気軽にお寄せくださいませ。首を長くしてお待ちしております。

私は舞台鑑賞が好きで、お芝居《しばい》やミュージカルなどには結構足を運んでいます。でも、お能はなんとなく敷居《しきい》が高い気がして、どちらかというと敬遠しがちでした。

今回、この作品を執筆《しっぴつ》するにあたり、お能についての本を読んだりDVDを見たりするうちにだんだん興味が湧《わ》いてきて、一度ちゃんと鑑賞してみたくなり、チケットを取りました。まだ少し先の話ですが、今から生の舞台を拝見するのが楽しみです。

イラストは陸裕千景子先生にお世話になりました。物静かだけれど胸の内では熱情を滾《たぎ》らせている矩篤を、そして、育ちがよくて真《ま》っ直《す》ぐな気性《きしょう》をした美青年、恒を、イメージしていた通りに描いていただけて嬉《うれ》しいです。脱稿《だっこう》が遅《おく》れ、大変ご迷惑《めいわく》をおかけしまして、申し訳ありませんでした。どうもありがとうございました。

文末になりましたが、この本の制作にご尽力《じんりょく》くださいました編集部を始めとするスタッフの皆様《みなさま》、本当にありがとうございました。いろいろと至らぬ点が多く、ご迷惑やご心配をおかけしましたこと、お詫《わ》びいたします。今後とも、よろしくご指導いただけますと幸いです。

それでは、またお目にかかれるのを楽しみにしています！

遠野春日拝

KADOKAWA RUBY BUNKO

秘《ひ》めた恋情《れんじよう》を貴方《あなた》に

遠野春日《とおのはるひ》

角川ルビー文庫　R113-1　14375

平成18年9月1日　初版発行

発行者――井上伸一郎
発行所――株式会社角川書店
東京都千代田区富士見2-13-3
電話/編集(03)3238-8697
営業(03)3238-8521
〒102-8177 振替00130-9-195208
印刷所――旭印刷　製本所――BBC
装幀者――鈴木洋介

ISBN4-04-452301-0　C0193　定価はカバーに明記してあります。

KADOKAWA RUBY BUNKO

角川ルビー文庫

いつも「ルビー文庫」を
ご愛読いただきありがとうございます。
今回の作品はいかがでしたか?
ぜひ、ご感想をお寄せください。

〈ファンレターのあて先〉

〒102-8177 東京都千代田区富士見2-13-3
角川書店 ルビー文庫編集部気付
「遠野春日先生」係